U0805226

明·王紱撰

王舍人詩集

中國書店

詳校官中書臣孫球

臣紀昀覆勘

欽定四庫全書　　集部六

王舍人詩集　　別集類五　明

提要

臣等謹案王舍人詩集五卷明王紱撰紱字孟端無錫人別號友石生又曰九龍山人洪武中就徵尋坐累戍朔州永樂初用薦以善書供事文淵閣久之除中書舍人卒於官事蹟具明史文苑傳集為其子默所編又名友

石山房稿前有曾棨王進序後附章昺如胡廣等所作狀表昺如稱永樂初詔求天下文章之士洎善書者各二十八人登文淵閣公首被薦蓋與棨等諸吉士同入直者此則史所未及也紱博學工書寫山水竹石風韻蕭灑妙絕一時說者謂可繼其鄉倪瓚之後其詩雖結體稍弱而清雅有餘蓋其人品既高故雖長篇短什隨意濡染不盡計其工拙而

擺落塵氛自然合度繆永謀稱其詩格疎爽有松石間意庶幾得其實矣乾隆四十九年閏三月恭校上

總纂官臣紀昀臣陸錫熊臣孫士毅

總校官臣陸費墀

王舍人詩集原序

故中書舍人毘陵王君孟端自少以聰敏聞好讀書喜吟詠而尤工山水墨竹中更多故厄窮連蹇於羇旅道路之間者十有餘年其後乃用薦以善書選入翰林者又十餘年始得拜官未幾遂以疾殁於北京之官舍嗚呼其命矣夫君為人負氣節狀貌奇偉襟懷灑落其平生於人無所屈雖工於畫遇知己輒縱筆揮洒無所恡往往至於入神造妙有不可於意或非其人輒白眼相

視至詬詈怫顧其爲詩觸景撫事即形之於言隨其興之所至情之所發初不計其工拙而自合矩度其所著凡若干篇君沒若干年其長子隂陽訓術默持以至京師請余爲序嗟夫詩之道大矣以其時之髙下世之治亂而音調見焉是豈細故也哉古之人常因此以觀世道尚矣君之生也幸際國家無事太平之時以得有官於朝假之以年則其惕厲奮發於和平之音以鳴當世之盛者宜何如其至耶惜其僅止於此也君諱綖孟端

其字其别號曰友石生又曰九龍山人云曾棨書
士君子以一長擅名於世必其苦心焦思用志不分乃
能超出凡庸而造夫微妙其有不經思慮而奇絕卓異
者則又天資之美學力之至而非偶然也無錫王君孟
端自幼負瓌偉之才游學邑庠時鄉之先進若四輔官
周士平侍讀學士王達善長史錢仲益教諭呂志學引
禮舍人浦長源輩皆以詩著名於時孟端窮經之暇每
相過從倡酬賡和甚為諸公所稱許尤善於繪事長江

遠山叢篁怪石隨意所適無不妙絕字書深得鍾王筆意雖無衆長然當揮灑吟詠之際援毫立就未嘗見其凝滯也後被建屏處邊陲十有餘年而寓物寫懷發於詞翰意趣益工以知者為授中書舍人玉堂儒碩咸器重之永樂丙申以疾卒於官舍其子默裒輯遺稿得詩若干首彙次成帙題曰友石先生詩集將壽諸梓求余序之余自弱冠與孟端交處雖中更契闊後復同仕朝著情好尤深今孟端不可復作有子表章其所著述以

傳於久遠可謂能繼志者矣玆承其請寧可以蕪陋辭
余聞詩以理性情貴乎温厚和平固不以葩藻富麗為
為尚也今觀集中長篇短章舂容爾雅無斧鑿痕而理
趣兼至葢其心志坦夷故詞語渾成而不假於雕琢也
然非學識之超邁曷能臻於此哉孟端名紱友石葢其
別號云王進汝嘉書

欽定四庫全書

王舍人詩集卷一

明 王紱 撰

四言古詩

白華美孝子也

彼白者華維色之潔彼美君子修德孔哲修德伊何欲親之悅 彼白者華維色之純彼美君子修德孔仁修德伊何以安厥親 厥親在堂旣悅且安旨酒稱壽室

家相歡朝夕在斯外慕曷干　君子之行莫先乎孝是
曰順德有裨名教是孫百世是則是傚
瀨水美仲琰也史仲琰能紹先志故美之
瞻彼瀨水其流湯湯有美君子築室於旁厥心孔臧受
天之祥　瞻彼瀨水湯湯其流有美君子築室於邱厥
德允修受天之休　有澤可漁有邱可鉏我堂我居先
人之廬我樂我志先人之書　惟爾先哲積善有基一
於為善而無自欺爰及後昆及慶之餘　後昆振振德

鍾於門繼爾先志此心常存曷哉敬哉薄俗斯敦

五言古詩

雜詩

鴻鵠志四海燕雀賀棡端四海一何遠棡端亦以安扶搖豈不慕跡拘諒尤難鎩羽喧朝景安得追風翰俛啄蕭艾間仰視天風寒斯舉咫尺足何必萬里摶撫已宜自養勿多身外干

其二

志鬱食哽咽情懽酒忘醉如何飲食間憂樂竟莫類達人無不可一以理自會時序侵燠寒晨昏互明晦苟能守吾中外患亦何慼忠信與篤敬乃足寡尤悔賢哉子張紳吾當永為佩

其三

秋旦露氣白初陽澹無暉羣雞正亂叫棲禽猶倦飛我行適中野躑躅煙路微蒼莽荆棘深零露霑裳衣去去既寡懽惻惻中心違素志諒難易知音古尤稀側身復

惆悵拂旦吾當歸

雜詩

楚人獻奇璞號泣足見傷宋愚得燕石什襲固以藏至寶終自白瓦礫歸糞墻遭時自重輕沒世誰短長儀秦乃赫赫孔孟徒皇皇仁義信迂闊功利足富彊舉世已如此念之熱中腸

其二

雅樂古而澹其如世不好鄭聲何浸淫四座舞且蹈感

慨既異致善惡難類報顧天昔幽玄紛紛媢於竈所享

茍非誠罪福恐顛倒立身豈無術理物良有道曾聞舞

干羽苗格罷征討

其三

淒風西北來時序屬秋暮林野何蕭條草木怨霜露霜

露亦何心大化運行故須臾届嚴冬堅氷日凝沍蛟龍

已沈淵蟄蟲亦坯户塗我林下屋裂我機上布陽春望

望遙薄言善調護

訪陳羽士道寧因贈

我生樂夷曠幽抱常沖虛偶客京華塵不異林泉居時來訪仙侶相與論道書凝神入無象妙觀天地初物我既莫立孰謂形迹拘吹笙碧桃春天風動霞裾孤雲度碧落六合乃吾廬出門感羣動役役將何如

雜詩

客有三代器寶之金玉重考制謂尊彝求形類鉼甕文款隱斑駁光潤豈磨礱所嗟去古遠未足適時用什襲

雖珍藏棄置相伯仲縱有好奇者相看爲玩弄

題恍心卷

人生貴有養所養將如何惟以養吾心一善靡有他俛仰苟無愧靈臺藹天和嗤彼夸毘人嗜欲何其多所養亦以異紛紛蹈風波仁義譬芻豢千載吾師軻

公子得野鳥

公子得野鳥來自虞羅中羽毛何燦燦聲音復噰噰珍愛日爲甚殷勤貯雕籠雕籠豈不貴勝彼荆棘叢飲啄

就左右乃足安微躬野鳥性難馴飛撲尤忡忡比類忍
莫顧永隅雌與雄孰知野鳥性祇悅公子容

為翰林典籍沈民則題樂琴書處

沈君構華軒藏書復藏琴書以載古道琴以傳古音古
人不可見唯此悅我心我心既自悅外慮俱消沉涼生
深竹淨日轉高梧陰絃誦尚世守奚須滿籯金

送楊得昂

我適桑乾歸君猶五溪去飄流若萍蓬何繇復相遇迫

迢江上山歷歷烟中樹後夜月明時相思渺何處

其二

數歲不相見一見驚復喜翻思兩地情音問隔千里宿雨暗洲渚飛鴻度江水孤棹即飄然離愁又重起

題秋菊軒

九月霜露零我氣亦云肅草木盡凋瘁而有籬下菊粲粲如有情盈盈抱幽獨我欲餐其英采之不盈掬呼兒具鷄黍白酒正可漉素心二三人於焉叙心曲陶然付

一醉萬事亦已足詠歌柴桑詩千載有餘馥

瞻雲軒

慈顔日已衰遊子日已違路阻千里脩心逐孤雲飛雲飛想其下輕陰覆庭闈何緜獲終養日舞斑斕衣王事靡有程歳徂曷言歸望望徒自傷暮景西山微

為張生寫竹 思安登永樂壬辰進士陝西憲副卒年七十九

生也纔弱齡骨氣已拔俗青衿三尺强對容瑩如玉頗亦好清事揖我求寫竹我方困塵途懷抱苦煩燠翰墨

交久遺硯破筆已禿憐渠意甚勤聊為掃新緣生能會
我心進益必宜篤切磋與琢磨更請歌淇澳

味易齋為周叔訓賦傳

厚味人所嗜子獨味於道味道夫如何羲經日窮討大
而天地外細則秋毫杪所遇各有味咀嚼期了了至味
不可言惟應自知好非苦亦非甘忘飢復忘飽澹薄養
吾神泰和沃吾抱長年味斯味兀兀不知老掩卷坐忘
言見此庭前草晴光宿雨收遠色連天杳咄彼蜀豢徒

胡為養其小

澹雲巢大學士黄公尊翁思恭先生壽并圖

有客居東山結屋山之隅林深藹芳潤清陰閟庭除泊然入無倪與時相卷舒自名澹雲巢其志將焉如雲以願從龍巢以産鳳雛及兹際昌期嘉應良不虛鳳既上阿閣和鳴向朝曦雲乃㸌碧落昭回五綵垂詎學巢與由負此唐虞時

寫墨竹與蜀府明長史贈别

相逢意方洽相別情尤難殷勤欲有贈惟此青琅玕矯矯蒼龍姿濯濯丹鳳翰亭亭拔俗韻高拂青雲端願言君子心氷霜同歲寒

寫竹贈王孟彬紀善

昔我王子猷襟懐澹而沖獨結此君好彌久情愈隆不可一日無珍愛金玉同有竹輙宜造肯令通主翁我亦抱兹癖豪纔托素叢遐躅邈難繼與君挹清風

寫竹寄贈顧教授禄謹中

秋聲起巫峽暝色迷湘渚悵望千里遙佳人渺何許幽期邈難值欲往復延佇中夜獨遐思西窗颯然雨

寫竹寄琴士張逢吉

美人昔相見為我鳴瑤琴初彈别鶴怨復奏孤鸞吟掩抑弄餘意華堂夜沉沉涼月照綺席雲飇度瓊林一與美人别令我憂思深塵囂日盈耳何繇滌煩襟我欲裁嶰谷遠諧美人心六律既已調噓陽翕羣陰美人如見與先此通微忱相期洞庭野共奏鈞天音

題成趣軒

桑麻日已長稼穡日已成門巷蔭榆柳隔屋繅車鳴生平寡營為遂此田園情衣食苦不乏公賦尤寬平舉家情欣欣淡然忘世榮力作雖云勞濁酒時共傾豈意事高尚所樂安吾生

盆裏黄楊

黄楊乃嘉植岷蜀多産之喬柯起百尺小榦猶拱圍作器不沾垢櫛具尤其宜故人有好事全株遠相遺厥高

僅盈咫徑不踰分釐置之昔蓿蕞何繇別奇姿況茲種
来久十易寒暑時顔色固自好長茂何遲遲賦性恐或
異雨露寧有私曾聞厄於閏此理疑見欺水土託盆盎
滋養良可知嗟予久寂寞對此心神怡親之若賓友愛
護如嬰兒清晝置書几良宵露堦墀時時為灌洒元氣
猶淋漓叢葉藹芳潤孤根尚撑枝頭言保貞操與世相
推移材良名斤斧曷用昂霄為唯應處吾壑庶可全天
資

題清適軒

脩鱗泳深淵勁翮凌遙空命分不可易出處諒難同達人會斯理委順安厥躬外嗜既莫奪襟懷澹而沖蔡君夷曠士養素烟霞中軒居面湖水几案羅羣峯開樽待明月展席延清風心閒體常逸神完氣彌充惟以適所適寧煩計窮通咄彼夸毗人冒進何忡忡患得復患失氷炭交心胷悵然慕高躅無由得相從

琴室為林典樂賦

楣間揭寶翰牀上横玉琴對客未成弄令人先斂襟地位近彤邸門逕幽且深瑤草露盈砌琪花香蒲林應知月明夜時有鸞鳳吟我来偶相訪簾垂晝沈沈為鼓一再行宛見名軒心靈飈度餘韻祥烟散微陰氣和體自適神静心愈欽曲終莫敢問訝是鈞天音

送某秀才歸江右

京國久為客悵然懐故山孰云乏知己念親已頹顔窮居恥明時曠達良獨難因思衣錦榮何如綵衣斑空江

送端木員外孝思養病歸溧上 諱智南昌人善草書

都門已設祖冠蓋聚朋儔讌别未云已驪從羅道周大夫何賢哉寵被君恩優為郎列仙署弄翰登瀛洲内帑出賜衣大官具時羞虚懐戀闕心補報嗟無由奈兹抱病軀霜鬢颯已秋上疏得優許養痾還舊丘舊丘況京甸咫尺溧水陬依依農圃隣藹藹桑柘稠頹齡尚可駐餘生安得休悠然遂高志那復生離憂於時正陽月霜寒水痕收飄颻遠空雲浩蕩滄波鷗私懐徒歎羡逸駕

安可留

題梅花

結心已鐵石陽春忽先布發此瓊瑤英寧能慮霜露澹然絕世紛幽人雅襟度何如洛陽花池館資貴富姚黃與魏紫綺麗相誇妬春風闕重扃車馬日馳騖遂令貧者心對酒起遐慕乃知遊冶人誰復重貞素流澌古磵春殘雪空江暮清香不自知豈意人相顧

題靜菴卷為黃學士乃尊作性字思恭

永嘉有高士簪纓舊名門耆年際昭代有子承君恩絲綸慎所職容勿居詞垣贊襄竭忠藎惟思濟元元先生遂高志悠然樂田園種植森且繁芝蘭滿階軒沖懷澹無慮隱几時忘言山光散餘靄水色明朝暾自得靜者妙豈云厭塵喧賜金屢歸奉日以供盤飧時時敘隣叟倒此花下樽酒酬念恩澤一一相與論中心增感激永矢惟弗諼嗟哉靜中意乃有仁道存高風振千古里俗應彌敦

代作送卓民逸歸淛東迎養

憐君憶親苦我亦别親久千里隔庭闈孤雲幾迴首君今得歸省而我尚株守惆悵送君行潸然淚盈手春潮淛水船夜市蘭陵酒到家春未闌園林正花柳風飄萊子服盃獻蟠桃壽此志君已遂此樂我何有我亦欲效君未卜如君否

題思本堂 吳元凱求

吴生故鄉来相見出詩卷自言構新宇思本揭堂扁所

哀怙恃恩造物苦多殀存亡既莫及罔極情難展徒懷風木悲對客淚常泣顧言求名筆幽光庶揚闡時時一披覽或俾哀悰遣嗟予久淹泊名卑才復謭拒生固辭謝再四終難免嗟哉吴生賢所志匪浮淺能存孝弟心悖理固應鮮惟恐人弗思能思即為善況復思務本本厚支自衍慎勿事虚文浮華肆誇演慎勿無益思戚戚徒悲恤所貴在立身名揚身益顯殷勤為生言進善當自勉

蔡芝林為蔣公進求畫扇遂題芝林字元祖

蔣君我未識好事能延賓從遊蔡夫子是可知其人謂我隘而賤傲兀長居貧尚躭山水癖豪纖掃嶙峋一錢不以取尤難輙交親片紙疇可得吾將永為珍夫子為之請一一重具陳仍持君扇来求寫湘江春我方習吾靜天游浩無垠適聞夫子言笑落頭上巾丈夫貴知已誼合情便真苟能志吾志寧謂非吾倫況聞君遠祖三逕招隱淪清風千載餘遐躅君能遵漬筆一揮洒翛翛

見霜筠交加林影間團團月如銀時方涼雨歇齋居絶纎塵緬馬懐二仲安能與之儔擲扇返夫子衣袂凌風振為我先謝君美酒宜多詢秋髙月明夜直造君亭嗔

呈太常少卿雲巖先生

髙巖何巍巍婣雲日復聚孕秀鍾奇才靈氣藹寰宇已聞追夔龍詎肯效巢許文章翊昌運禮樂佐明主陽回棘寺春月滿齋宮午尊榮為崇秩學力在稽古自憐牛馬走質凡性尤魯雖懐問學心碌碌庸足數徒切瞻仞墻

無繇造堂户居然成涸鱗久已困焦土願公巖上雲化作天下雨

寫竹贈廖紀善

霜風動高秋草木抱悽惻惟此幽篁枝含翠終自得虚心養直氣勁節淩寒色持以贈君子願言崇令德

為姚生題終養堂

姚生美昆季孝養怡親顔嘉味極甘旨綵衣舞斕斑

慈烏堂下啼斜陽薄西山所思得終養區區百年間百

年復能幾離會尤相關來日良可愛去日難再還美哉
孝子心及時常追懽嗟予命獨舛怙恃早已艱何由奉
百年未得供一餐因君欲題贈使我摧心肝

題萬安山樵

山高樵徑險山深樵徑迂采樵雖云勞覽勝尤足娱飛
泉落林杪好鳥鳴丘隅歌逐天風還身與閒雲俱日夕
行負薪烟深望吾廬得失既莫較孰知賢與愚嗟哉朱
買臣富貴將焉如

題義方書舍

我昔童丱時蒙養絶浮靡朝夕常趨庭頗解學詩禮奈何纔弱冠早已失怙恃誨言何由聞定省不復理徒懷風木悲沒齒殊未已及余生兩雛將以託宗祀既欲承箕裘當令業經史無何我多故謫戍向邊鄙迢迢父子心隔越數千里惟恐有存沒不暇較賢否漂流無定居歲月動盈紀幸余初還家無恙共驚喜踉蹌拜我前並立肩可比弱質雖成人愚騃誠可恥大兒僅識丁唯足代

耘耔小兒復癡頑真乃豚犬耳近令親筆硯十日書一
紙我欲痛責渠隱忍輙中止吁嗟我平生父子乃如是
邢君義方訓諸郎盡賢嗣芝蘭滿階庭玉樹映屏几歲
時行具慶稱壽羅拜跽嘉賓每過從迎立具甘旨傳家
務敦厚動必蹈前軌瞻彼天倫間藹若和風裏椿桂同
敷榮雨露光嶷嶷緬懷燕山竇令昔良可儗所云積陰
德諒亦自兹始推此家政齊可致風俗美詩成發三嘆
愧我曷能企豈唯頌君賢尤當示吾子

題孝子曹鏞卷

曹君本右族乃是武惠孫孝義出天性辭貌恭而温念昔父早没而獨母氏存母子守清素終鮮弟與昆窮居力弗贍藜藿供盤飧時有好善者有女願與婚既以承祭祀復兹奉晨昏奈何頗成立母老病且殆迎醫及祈禱徒然自趨奔母病日已劇惻惻心憂煩於焉割其股調和煮成饘一啜病即愈依然對庭萱後來病屢作夫婦相與言再三至刲肝聞者驚心魂老天念其誠遂使

母子完曾從視其傷肌膚尚留痕母壽盡天年此心可無寃至今問其故對客聲猶吞嗟哉孝子心勇為過孟賁殺身以成仁況茲罔極恩唯知母所重此身何暇論世多不情子貶議爭嚚喧聖朝崇孝治特為旌其門豈徒事奬勸要使薄俗敦吾知孝義名千古留乾坤

閒居與沈修撰小酌寫枯木竹石遂題

我本山澤臞棲身伴樵漁謬承翰墨選布衣登石渠朝野孰云異依然樂閒居地位近清禁事罕人迹踈遂令

公宇中乃若幽人廬峕辭上堦砌竹樹羅前除匪惟宜壺觴況茲有琴書文會不待速朝夕與之俱俯仰皆自適此樂將焉如

題耕讀軒

出處既莫同趣舍亦云異君子適其宜窮達歸一致世縈吾豈薄先業非可棄復恐素心違蹇跡同顛躓耕田食吾力讀書樂吾志欣欣一家親朝夕寡憂慮俯仰尚自得外慕奚足嗜鹿門非求安南陽豈忘世古人不可

見唯將古心契

過沈修撰留酌醉後書贈

旅跡無可往兀然生隱憂素性本簡拙出門寡綢繆感君獨知己情真久交遊況兹相近居來往常遲留笑談散堙鬱杯酒屢勸酬供具即所有無煩備時羞陶然各盡醉不忮亦不求人生契合難數造君無尤

題畫

芳春始云邁倏忽驚素秋志業獨未就歲月不我留覊

懷渺難托寫此林塘幽喬木蔭𦍒逕孤亭俯清流悠然
故園想詎敢為身謀含情委豪素庶或宜神遊

雨中過歐陽編修館題竹木畫上

我生本寂莫況兹久羇旅偶君素心人来往迭賓主秋
聲動高樹暝色渺煙渚孤館坐題詩蕭蕭正風雨

題松鶴軒

吾宗有令弟所志樂恵簡載筆遊兩京襟抱常坦坦自
言外祖翁素不治資産平生有硯田耕穫同渭溼揮毫

儗羲獻伯仲閒無赧前朝雖薄宦名士交無限所居有
長松蔚蔚張羽繖上有雙白鶴對之怡歲晚吳興趙公
子書價重圭瓚為寫松鶴軒鳳翥龍蛇綰翁今久仙去往事
不可挽軒居成丘墟軒扁獨遺板青松未化石白鶴去
不返追昔成夢寐令人淚長潸求君為寫圖庶或哀可
劇君當憫其情不敢數催儹我亦重其請不敢辭以嬾
欣然為揮毫庭宇已蕭散須臾點染成高致如在眼急
須潤吾筆沽酒奉杯琖九原如可作翁亦笑而莞

為徐學正曦叔寄題其尊翁晚香卷

徐君素高尚雅志難適俗慕彼柴桑翁種此籬下菊黃花秋正槃白酒時一漉一觴聊獨傾三嗅仰餘馥有兒抱遺經典教瀟溪曲迎養固靡遑時奉千里祿較之五男兒此時亦已足何當結比隣歲晚相往復

寫畫題贈蘓性初歸吳復號宜

我家住錫麓君家住吳城相去百里近一日孤帆程君才日方茂我鬢日已白相逢一笑間共作京華客君今

忽歸去別我將晨征懷哉舊猿鶴寫此丘壑情丘壑不
可戀宜奮青雲志長安三月春沽酒待君至

五月蒙賜衣五端

自知素蹇劣謬忝列近侍孰云載筆勤清禁日無事聖
心念長夏恩以絺綌賜感激既盈襟持歸復滿笥光榮
動隣曲喜色見僮婢服之固難忘無補獨深愧

偶成題畫

玉署坐涼思野人忝簪纓謬以染翰職遂得陪羣英疎

雨澹東旭嘉樹蔭西清樂茲館閣靜悠然抱閒情於焉弄豪素磵谷紛縱橫幽逕遵曲岍鳴泉遶孤亭同游固未暇寓目猶可并非才惜何補生幸同休明

獨善堂為施惟政賦

窮達雖不同在我固無異獨善與兼善此道一而二施君素高尚衡陽久藏器雖曾佐花縣牛刀聊小試未幾即歸休自謂猶未至築堂面南嶽相高爭氣勢講道通天人讀書飽經濟遲當達天朝揄揚明至治不見有举

士躬耕豈忘世幡然一旦起惠澤蒼生被君今已白頭
明時幸遭值頤言發其藴青雲奮高志勿效棲棲人林
居事幽致

永嘉勝概卷為黄太守賦

永嘉古名郡山水足清賞王謝舊登歷境在人已往遺
躅不可攀千載徒追仰黄侯來牧守政暇愛西爽邀人
繪成圖歷歷如在掌嵐光樹蒼翠海氣天沆漭松塢出
禪宫花汀隱漁榜桑麻接屋青機杼連村響樓臺俯崇

墉阡陌遍膏壤彷彿行春時笙歌散輪鞅慙余謬通籍
染翰近天仗披圖諒難即神遊起遐想

題畫贈李醫士士文

養痾坐虛館何繇制頽齡藥物固所賴奈此白髮生據
梧聊自適褰幔當前楹涼風颯已至庭柯落秋聲天空
暮雲遠日落遙山横攄懐託豪素悠悠塵外情卷之聊
遺君非敢侔報瓊

平易齋為李先輩賦

李君素聞道襟抱常坦夷富貴與貧賤此志終不移蕭
然一室中和氣藹春熙歷險思詭遇校之孰為宜

重過劉竹深孟功 敔

昨朝復今晨造君何其頻我來適我暇君喜良不嗔話
言有餘味所樂皆天真都城十萬家澹泊情偏親

臘日梁修撰用之以還家初散紫宸朝七字為韻
命賦七首

大化無停機寒暑如循環歲華忽云暮陽和亦已還人

生百年内憂喜互相關顧匪金石姿安得長朱顏達人會斯理意與雲俱閒聞道愧獨晚衰也吾何歎右還字

憶我童稚時鄉儺競喧譁自從別鄉縣歲歲天之涯俯仰能幾時兩鬢忽已華今年在京國臘螘汎流霞酡顏發高咏悠悠興何賒皇風無遠邇四海同一家右家字

寒旭上東觀殘雪明石渠嘉平錫華宴曉入承明廬珮珂肅西清韶音聞笙竽自顧草木同澤被仁風噓孰知四序周正茲萬物初報國乏經濟白首徒嗟吁右初字

八蜡聞古禮臘日在茲旦迎祭思報勞貓虎禦田患鑾輿幸郊原校獵旌旗爍獲禽足練武震蕩妖氛散上以共乾豆下以具賓饌時雍年穀豐河海永清晏右散字

十五初志學性頗嗜經史謀生計已踈豈復親耒耜自期德業成拾芥取青紫中季遂蹉跎五十始從仕扈從遊兩京伏臘已三祀寸勞不能效竊祿抱深恥右紫字

瑤花已三白臘戌當茲晨田家頤豐稔對此尤欣欣歲功已云畢斗酒敘比隣共言足公賦擊壤同堯民慚予不

耕者承乏侍紫宸素餐不見斥惟應仰皇仁右宸字

我本山澤民浪跡隨漁樵豈意蒙齒錄置身事清朝矧居翰林場交好皆英僚歲時遇伏臘詩酒常見招壯懷固浩浩白髮何蕭蕭醉來目雲漢寂默神彌超右朝字

送炯竺庵之寧波都綱

師本學佛徒而我忝從仕儒墨雖不同崇教各鳴世泝流求其原要亦無二致皇朝設僧司統屬官府例自非名勝流此職良不易師今預茲選領命辭丹陛都城雪

初晴越水春將媚齋餘只翻經公退但哦偈難忘北闕心廣演西乾意慚余老無成素餐糜廩餼終當效季真共結方外契

為游伯瓌題靜觀卷

羣動日擾擾何由止囂煩我心一以靜庶或澄其源天高四山寂日落孤雲騫至理無不在朝市同丘園君應領斯妙吾亦忘吾言

贈友

君家住蕪城我家居錫縣鄉里舊知名都門才識面君當職筦庫我幸勤筆硯退公無所為得暇輙相見清玩常命觀芳樽屢叨讌交情尚平易世務總諳練處靜惟端莊遇劇即通變嘆羡徒爾嘉懐慚未能薦適兹代者至復遇天官選誰言九霄長獨快六翮健扶摇良可期惟恐迹相遠

送松溪宰周景辰調連城

君從松溪來又復連城去宦遊若萍蓬流轉那能住百

年多遠別握手幾懽遇況茲當暮齡幽抱復難慰都門
一杯酒回首知何處天南與天北相思渺雲樹

病起寫山水圖謝張逢吉先生

少小昧調攝動或違天和迨茲晚年至疾疢宜其多所
念竊美禄置身在鑾坡寸效未及施報國將如何張君
負奇術垂情屢見過爰以慰微志匪徒起沈痾日來力
漸完稍能眄庭柯殷勤理冠屨載振朝天珂感德曷云
喻銘心久難磨揮毫寫山水持奉意靡他山以崇令德

水以衍後波

題畫

衡門掩秋色苔徑静無塵人跡雖罕至簡編良可親脩篁度涼颸高梧落繁陰時應散幽寂采藥過中林

為王彦本題樂善堂

萬類既莫齊人生有賢愚所趨各異向所樂亦已殊仰惟古聖哲動與道誼俱窮巷雖飲水寸心常有餘咄彼夸毗人多貪竟忘劬覬得適暫欣旋踵即憂虞吾宗有

佳士近寓都城居形迹隱廛市心志在詩書生業惟足用何嘗逞豐腴有妻主中饋有子從師儒老老復幼幼一家常晏如我適扈蹕来相延過其廬新酒初發醅時羞間園蔬維時春正好芝蘭滿階除累觴不知醉賓主情怡愉譜牒未暇論亦足叙友于高堂扁樂善此語良不虛酒闌袖出卷辭章揖我須我惟三槐澤今尚蒙沾濡後裔能不墜其亦在子勉顧言崇令德始終永無渝

贈胡都給事中　溁洪武庚辰進士少傅兼太子太傅禮部尚書卒年八十九贈太保

諡忠安

都給事中胡君源潔文雅清慎志趣高朗與予有同郡之好嘗自大江而上岷蜀繇關陝至於中原凡名山古蹟之間屐無不至今年邂逅北京同宿寓所因得叩其登覽之勝聞見之廣不覺令人鄙吝頓消而神爽飛越也遂賦詩美之

皎皎瑤臺鶴濯濯氷霜姿宿昔有仙契於焉慕安期翱翔歷蓬瀛飲啄來上池寸丹久已熟八表隨所之靜與

元氣并動輿祥飈馳罔象莫可測玄珠應自知乃令鷄鶩羣嬌嬌徒嗟咨

寄贈任給事中 時在武當山中

君本霄漢客降謫留人間人間不可住又復遊名山彩霞絢春衣瑤草腴朝餐高風邈難及悢悢心所攀

和曾侍講古意 棨字子啟永樂甲申狀元

靡靡風外花濯濯路旁柳盈盈馬上姝皎皎出素手揮鞭度南陌行人盡回首芳香襲和風皓綵奪目久轉盼

睹他人百媚自成醜孰云君子配終恐匪佳偶會合寧不歡别離恐難守懷哉羅敷言使君婦自有

寄鄉友沈得淵

沈君非凡流宿禀尚高潔羨門注仙籍安期守真訣偶然落人寰世味遍已閲混迹雖同塵心神乃超越蕭然一室内隱几常自悦時把玉簫吹翔鸞舞明月

中秋玉堂宴集分韻得霄字

素秋已云半清風滌炎歊况兹良夜月清光湛層霄玉

堂有仙侶觴詠集英寮不以殘朽遺折簡頻見招頹然顧我影白髮何蕭蕭道同話自契意適興彌超佳章比金石迭奏諧雲韶匪徒愜清賞所樂際昌朝沈沈漏將曙遲遲斗轉杓良會自忘寐詎謂永茲宵

題喬柯竹石

涼風起東觀朝雨灑西清琅玕亞琪樹瑟瑟鳴秋聲爽氣集几硯逸興悠然生染翰適餘暇聊自寫閒情殷勤欲持贈披玩久屏營多君美無度素抱幽人貞頤言勵高

節固此歲寒盟

題畫

高林俯清流小徑遵岸曲書聲松桂深知有幽士屋索居非遯跡讀書豈干祿義理發我蒙悅懌心自足古人已云遠古道冝自勗掩卷三歎息江天晚涵綠

閏九月王修撰定對菊分韻得喜字送其兄敏竹

故人勞遠來所念在難弟久別忽相親安得不相喜況茲值閏九黃菊正紛靡掇英泛芳樽時羞雜陳几匪徒

敘友于簪纓集鄉里顧余忝同姓相愛蒙見齒意洽形俱忘秩秩循有禮既夕復秉燭觴詠情難已天倫固云樂文會尤足美明河轉虛簷零露襲花綺衆賓雖已散遲留獨未起明發理歸橈離憂復茲始

暮上呂梁洪

黄河從西來萬里走濁渾呂梁乃故道勢若逸馬奔我來趨王程至此日已昏挽夫識余意駕牛乘夜喧灘回石亂鬭水與船相吞攀援一失勢轉眼不可存巨纜雖

云牢畏懷時自捫須臾際安流稍覺寧心魂因之勞其勤斗米代雙鐏汝勞勿復道我儕賴君恩

夢兩兒

兩兒別來久累夜夢何頻得非我念兒無乃兒憶親夢中宛如昔田廬荒且貧猶能具雞黍為父招比鄰覺來尚征途渺然萬里身歸期固難必歸夢諒非真願言各努力進善光前人忠君我自勉孝弟兒當勤

五言排律

題徐訓導廷獻魁山舊隱

人品如瞻斗山名合應魁地靈知孕秀天賦肯淹才筆陣鷩同列文光燭上台高攀蟾窟桂勇躍禹門雷已作鯤鵬化空令猿鶴猜經横芹泮静琴弄杏花開宦志雲霄待鄉心歲月催黄殘松徑菊緑徧石田苔若便尋歸駕移文恐誚迴

呈太常卿高先生

禮樂推三代文章似六經應時明出處當世仰儀形賈

誼趨宣室桓縈表漢廷青雲登棘位皓月暎槐廳大筆頻追謚豐碑屢作銘祝釐迎茂祉贊祀答穹靈聖主加縈寵儒林慕德馨聲名騰宇宙黼黻佐朝廷小子成樗散明公耀德星朽材難切琢鈍刃莫磨硎得照青藜火甘為白澤釘高山恒仰止鄙業久荒寧詎敢思推輓何由乞建瓴鮒魚愁旱轍籠鳥羨秋冥未許升堂室深懷捧户扃可憐昏瞀久欣覩鳳凰翎

送趙僉事之福建任

鸞棲淹枳棘鶚薦出風塵重寄藩維任榮遷耳目臣拜
恩辭北闕僉憲入南閩驛路梅含笑都亭柳滯蟬馬行
吳地曉帆度浙江春廳宇榕花合園林茘子新好山供
日詠列郡待時巡本在糾彈職宜加撫育仁威聲銷墨
吏疾苦拯黎民佇聽廉明譽君無讓古人

上邑宰韓相公三十韻（約字博文東河人號清軒累官保定知府）

朝廷分郡邑守令職羣英列宿郎官象親民父母情學
能知大體志在不虛聲廉介寒氷潔襟懷夜月明牛刀

纔小試驥足暫淹程太鐸來東魯絃歌亞武城下堂延德齒分俸給孤煢侍吏如奴僕同官若弟兄得人無不舉守節盡皆旌厚俗行鄉飲矜農緩賦征薄徭猶念重疑罪必從輕懦弱皆能立豪强莫敢攖便期銷獄訟何必事笞榜退食親琴瑟横經難友生禮儀全考古動静一於誠鬼泣淫祠毀神歆正典行黌宮登俊乂壇社潔牢牲蝗旱隨時雨陰霾不日晴野人多頌德朝士素知名百廢咸興葺羣黎享太平市廛泉湧貨郊野屋連甍

煙草人間牧花村犬不驚酒肴懽伏臘温飽樂蠶耕獨笑還家客當為守塞兵病軀來絶域悲涕省先塋牢落傷弓鳥漂流汎海萍無因舒羽翼徒切羨鯤鯨燕石終身誤吴綾上藝榮年華留莫挽志業苦無成安得除邊籍相容列下氓

題蘭蕙軒 武林陳仲和二子德中景中

陳氏好兄弟宛如蘭蕙姿幽馨殊可愛雅操不求知但自栽培好何妨采佩遲叢深滋雨露岀長滿階墀芳澤

傳先世香名達盛時和風同一室相對兩怡怡

送祖人韶石住惠山 諱懷祖真性海之弟子

故鄉人到喜況是故鄉僧寓館纔相見歸途又欲登杯浮辭建業鐘動下蘭陵新領禪宮席單傳祖派燈性圓滄海月行潔玉壺氷舊社高風振名泉勝概增別情江渺渺鄉思樹層層憑語煙霞侶塵緣脫未能

王舍人詩集卷一

欽定四庫全書

王舍人詩集卷二

明 王紱 撰

七言古詩

過華叔端草堂寫晴雨竹壁上 諱恪號賓暘卒年七十七

我愛君家遶城郭繞簷竹色侵簾幙醉中揮翰寫晴梢湘雲

一剪春陰薄看來頓覺風氣清耳邊恍若聞秋聲嘯歌到晚

不歸去高卧翠陰呼月明高軒置酒延夕曛眼前知己無如

君枯腸醉後有芒角手揮高節凌青雲圖成自覺精靈聚素壁俄然儀鳳羽擬得秋深直造來剪燭連牀聽風雨

溪山烟雨圖為包公愷寫

溪山茆屋知何處隔岸青山暗烟樹一棹誰知路欲迷緣流似逐桃花去嗟予落寞江海濵到今嬾欲問通津因君扇底塗狂墨烟雨蒼茫一片春

為宣指揮題枯木竹石

脩竹娟娟淨如洗古木槎牙半空倚莫嫌怪石長蒼苔

當年曾中將軍矢將軍年少多奇勳平生意氣凌秋雲
他年太史書勳業汗簡須當用此君

吳姬留客行

吳姬年少纔十六能抱琵琶唱新曲愁連山黛鎖青蛾
汗透霞綃濕香玉問郎今去宿誰家郎須聽妾彈琵琶
吳城有酒不肯住巴姬未必顏如花遲留那得情相與
芳心一一絃中語空江霜落叫征鴻孤棹風高響秋雨
須臾彷彿臨三湘切切哀猿堪斷腸巫陽雲暗楚臺晚

故山不見闗山長彈到胡笳少三拍郎心欲去何匆廹
挽郎不住郎過船滿江月色秋潮白

題枯木脩篁圖

老幹昂霄幾千丈天籟時聞夜深響一竿脩竹共蕭森
復托絲蘿半空上寒姿久抱幽人貞良材孰肯摧為薪
總令匠氏未相遇故山風雨年年春

早行索水

鷄鳴晨炊戒輪鞅閉門一點明星上路出長林不見人

烟深咿軋車聲響須臾日出氣象分往來行旅纔紛紜
僕夫笑指都城近宮殿崟嵬五色雲

爲楮府高先生賦牧雲歌

我聞黃初平牧石驚其兄至今山中石尚作羝羊形又
聞蘇子卿風雪牧邊庭辛勤十九年猶持漢家旌未聞
牧雲誰氏子牧雲自號逃其名雲中所牧竟何物以雲
為牧何所憑比之牧石仙猶乃繫塵纓意為牧雲人足
不到邊城但見長裾曳侯第傍人指是侯門英靜中默

與元氣會雄談四座風雷驚端倪變化竟莫測顯晦孰可知其情得非當年豢龍氏馴致神物驅幽靈豐隆施鞭掣明電天吳出浪翻滄溟厥術乃是幻厥德良可稱吾將薦之達天府遊帝廷好施霖雨蘇蒼生嗚呼好施霖雨蘇蒼生

題張縣丞凝翠軒卷

張君結廬脩竹裏一榻清風淨如洗幾番過雨看新晴簾捲春陰落烏几自從作官今未迴家僮日掃林間苔

何當直造遂吟嘯不問主人毋見猜

少婦行

東家少婦年十五嫁得良人出為賈經年書到不言歸肯念春閨別離苦西鄰年少猶空房紅纓白馬羽林郎眼傳芳意已相答願作雙棲鴛與鴦朝聞賈死驚未訃暮奔已作西家婦六親蒙恥無光輝方逞妖淫穠態度懽情得遂無幾時羽林從征須別離欲去翻思疇昔事叮嚀恐亦還家遲妾言勸郎郎勿疑妾今貞守無他為

可憐婦道真能盡去後郎心肯全信

爲夏叔度寫葡萄子雪洲之上因賦叙別

我生負氣尤好奇襟懷抑塞蟠蛟螭屢遭屈折莫我知向人委順長低垂倘爾逢君雪洲上酌我涼州寄來釀醉傾墨汁爲君塗一吐胷中氣千丈維時雨歇涼風生薄陰零亂縱復横蟄龍蜕骨冷雲濕驪珠出海秋蟾明坐間觀者皆驚訝何豨寶帳人間掛恐令癡眼起貪心主者收藏始知畫知我如君能有幾此術聊將遊戲耳

白鷗湖海一身輕長揖謝君吾去矣

題青山白雲圖

我曾九龍山下住結廬正在雲深處日日看山還看雲

長教剪却當簷樹無端一别猶鶴羣馬蹄南北徒紛紜

塵途底事拂衣晚迴頭愧負山中雲

贈竹隱

君家遶屋多脩竹簷外時聞響寒玉雨歇林窓風日妍

春陰一榻侵衣綠閉户常令俗駕迴從教三逕長蒼苔

予今亦有王猷癖直造休嫌數往來

倭扇謡

倭人繭紙摺爲扇缺月生輝銀滿面闕下年年多貢餘都人重購何紛如杭工巧黠思爭利效倭為扇渾無異價廉百十人不恔説是倭來方道地倭來道便經杭州嬴價却將杭扇妝倭妝杭扇堪驚怪轉眼街頭高價賣買扇還家誇扇真街頭持賣真倭人

倭人繭紙摺爲扇缺月生輝銀滿面闕下年年多貢

餘都人重購何紛如倭言我扇不欲利只欲人間古銅器器好年多扇亦多猶解摩挲看欵識倭能論器不論財尊䨻彝鼎塡家來幾人懷金不得扇手中無器空徘徊吁嗟古器日應少倭貢年年扇來好

送醫士張孟經歸華亭

張君深得活人理白髮蕭騷垂兩耳顏面如童步若飛自說平生能服餌京都賣藥三載餘簾垂一榻廛中居榮名利祿不掛口向人只講岐黃書曾聞舊業松陵

曲井回依然隣二陸鱸肥秋浦蓴正香虎卧芳林杏初
熟今年忽復思東歸海門一葉春帆飛到家尊酒作良
會當時耆舊今應稀都門柳花飛白雪欲折長條贈君
別不知此去幾時來我亦相從問丹訣

送潘知縣之餘干

潘郎年少才力强筆端五色成文章新承寵擢宰山
縣送別都門春酒店君今與我交雖淺志業人生宜自
勉此日牛刀聊試為他時驥足應須展千里江帆一帶

斜餘千地沃多桑麻時清自喜少徭役琴弄春風滿縣花

送傅子晦教授之興化

扁舟欲別之何處一官典教閩中去細雨榕陰面面山薰風荔子家家樹憐君年少非常倫才贍人稱席上珍黌館講餘清晝永玉琴閒弄杏壇春

贈朱編修

朱君乃是青雲器讀書不負平生志向曾龍躍禹門雷

桃浪翻空應得意聲名藉藉動京華策對明廷衆所誇鰲首已攀蟾窟桂馬頭還看鳳城花斯文仰羡增光顯稱述猶存贈行卷鏗鏘金石韻相宜遠大期君意非淺君今寵擢登鑾坡玉樹花深響珮珂五色文章成黼黻九天光采動星河嗟予久已聞英譽勢比雲泥固難會年年枯死案頭螢四十無聞何足畏不期邂逅同清朝菲才未免旁人嘲癡蠅附驥亦致遠托身願結青雲交

輓徐母

平生嫠居氷雪清教子讀書名已成正期禄養體長健
俄聞凶訃人皆驚楊柳青青揚子渡江山依舊來時路
春風丹旐引歸航遺骸並葬良人墓

題漁樂圖

遙遙雨歇明殘霞涼風颯颯吹蒹葭晚來隨處可棲泊
五湖烟水皆吾家得魚且覔津橋酒旋採溪毛雜菱藕
除著沙鷗孰可親隔蓬喚取隣船叟生計年年一葉舟

全家不識别離愁婦能斫鱠兒行盞一笛橫吹萬頃秋

為袁將軍題梅軒卷

我家舊業梁溪濵雪晴溪上梅花新瓊林皎皎映書屋天然富貴誰言貧花時倍覺多賓友經月勞勞事詩酒滿座香風半醉時一簾皓月微吟後自從承薦遊京鄉十載看花白玉堂貞操久應心似鐵風流其奈鬢成霜今年扈從來幽薊撲面緇塵滿衣袂欲覓梅花杳莫聞江南驛使憑誰寄春到都城十萬家管絃處處聲嘔

啞不識冰姿尚清素只知豔冶爭繁華朝來雪花如手
大興來不管貂裘破蹇驢鞭策訪袁安不似當時閉門
卧弓矢森嚴櫪馬喧羽林期獵窮郊原見予一笑不復
出呼酒且共登梅軒未始栽梅向軒下高扁梅軒衆驚
訝自說平生極愛梅此地無梅僅堪畫畫師乃是錢塘
人西湖久與逋仙鄰曾作烏臺鐵面使筆端解寫梅花
真嗟余久抱賞花思感戀君恩忘歸計畫中纔見即
相親分明一段家山意憭澹枝頭雪未乾灑然清氣逼

人寒君今與我心相合莫厭敲門數借看

題中條舊業圖卷為王士烈大尹

中條之山何雄哉層峰疊嶂高崔巍太行嵩少與之相脈絡禹門鑿斷迴向中天開下有黃河水奮激聲如雷波濤萬里接銀漢到此曲折其勢相縈迴佳氣日磅礴孕秀多奇才寶藏百物不足貴往往間出人中魁不見巖下士版築將終身寧知一旦叶夢出大施霖雨康斯民唐有裴中立平淮之功誰可及宋有司馬光文章事

業何煌煌至今行人過闕里景仰式車臨路旁吾宗有
兄王士烈世向山中營舊業數頃良田萬卷書父祖傳
來今幾葉父祖惟積善素無功名心到君尤加學問力
長年閉户松桂林九經百氏貫乎一律歷地理俱精深
鶴書遠召來相尋小試百里彈鳴琴岐麥薿薿桑陰陰
黄童白叟皆謳吟近歲皇家事陵寢北京山水明如
錦葬師不下數百人取驗未真口皆喋郭璞之術君所
閑天下山川指掌間漢唐陵寢考分寸琅琅一奏開天

顔天顔悅懌恩加厚大官供羊光禄酒崛起長陵北
山阜有詔封山號天壽海晏河清億萬年知君名與並
山久君今遷擢居帝都駿馬蹴踏青雲逵聖明在
上不可辜隨時正好陳嘉謨勿作尋常淺丈夫區區懐
土胡為乎傳說諸君久已往空山猿鶴空相呼白雲紅
樹秋模糊為君寫作中條圖古今志山同一符君當解
衣為我沽會須一飲傾百壺乘醉與爾歌烏烏唾壺擊
折青珊瑚中條佳氣無時無嗚呼中條佳氣無時無

月夜舟中酒後寫呈胡祭酒兼同行諸公

官船泝河明月夜千里河流金液瀉水泊船窓月在天月色波光兩相射此時清興不可遏須待傾觴共陶寫行庖美味雖云重更覓溪鮮問漁舍蝤蝥初肥良足稱霜餘梨棗甘於蔗同行况復皆賢豪襟懷豈是尋常者胡公一代大司成文章聲譽追班馬延陵給事錢塘客每出新詩擬風雅東陽兄弟居翰林一雙白壁千金價林黄二子才更奇往往辭氣凌鮑謝雲間尤喜紫陽孫

筆底龍蛇衆驚詫一時會合非偶然共沐恩光來日下霏霏珠玉動生風濟濟衣冠儼成畫嗟予年少嘗好遊臨水登山日無暇時當有月達旦飲典衣肯顧山妻駡年來老病不復飲每見深杯輙生怕不知今夕是何夕狂態依然莫能罷酒闌興盡不復散共向船窻相枕藉須臾月出水自流斗柄低回江樓掛騎鯨李白遠莫攀夢鶴坡翁久仙化人生所貴在適意塵慮何須苦縈罣燈前漫爾寫長謠留向他年作佳話

題竹送周以莊之長清宰

故人别久纔相見又拜恩光宰花縣去思匆匆不我留都門沽酒徒攀餞我有五色之彩翰為君寫作青琅玕虛心慣承雨露重高節豈畏氷霜寒此意贈君君達否清風雅操君皆有君到長清轉覺清不須更種陶潛柳

題竹寄長清胡判簿仲文

胡君倜儻情見真昔曾同客京華塵一官去作長清簿

吏民懐惠如陽春别來不覺經年久愧我蹉跎空白首為寫清風慰遠思殷勤致問平安否

題鎦給事中畫

獨立空山不知老崖石相依共相保月影秋清舞瘦蛟風聲夜半驚棲鳥錯節盤根怪且奇古翠滿身苔蘚滋近石自知難入眼年年春雨長孫枝

題師將軍壽椿堂

我聞南華老僊所談之靈椿長年度世殊可人爾來萬

有八千歲方乃一秋兼一春桓桓師將軍忠孝孰可倫
緬思此椿壽將以奉嚴君嚴君乃是先皇之虎臣英
姿雄畧如有神起家昔任荆溪濱曾同周處為比鄰惟
將三尺劍掃淨六合塵先皇騎龍上蒼旻攀髯不及
空逡巡至今心尚赤其奈髮如銀將軍襲爵尤忠勤遠
持節鉞鎮八閩列鼎之養何足珍惟思種椿構堂怡其
親君不見椿枝長茂椿葉重堂前人對椿陰濃靈根盤
結托厚地高柯直上摩蒼穹蟠桃見之猶屈膝喬松並

之應欽容況竝顰眉楊柳低頭榕世間凡木莫與同嗚呼世間凡木莫與同惟孔明廟前之老栢千古可與相爭雄

聚玉堂為吳主簿賦

君家子弟追王謝玉樹森森滿庭下器美難容韞櫝藏才高應得連城價堂前見容温相和德業尤宜更琢磨遲看懷寶聯班出南陌珊珊響珮珂

題北堂春晝卷

堂下萱花照人目堂中阿母顏如玉寸心難以答春暉手綫尚存遊子服遊子白雲空復情年來從宦留神京他時得請當歸省閭里應看晝錦榮

題徐進士峴山讀書卷

徐君結茅雙峴峰白雲掩護青林中十年閉戶不肯出讀書捲幔來松風一朝射策黄金殿青霄萬里鵾鵬變躍馬晴看紫陌花鳴珂曉入瓊林宴只今禄食居京華藉藉香名衆所誇不獨身霑新雨露且能光賁舊烟霞

愧我萍蹤遍江海百事無成鬢容改數卷殘書久已忘舊物惟留短檠在年來感荷君恩優日令揮翰居瀛洲姓名自謂登仙籍人笑馮唐已白頭

題黃庶子瑞菊軒卷 淮字宗豫

紫陌朝回鳳城曉羅衫冷怯霜風早軒前佳菊吐奇花合蕚連跗向人好陽光一照色更鮮盈盈兩臉臙脂妍同心可比連理木清香絕勝雙頭蓮簪纓列坐皆僚友嘖嘖看來難希有宜將綵筆寫新圖持歸遠為雙親壽

繇來種德生賢郎家庭晚景何輝光絲綸日掌侍清禁
阿閣五雲儀鳳凰物因人瑞皆從類人今况與明時會
乃知聖主得賢臣兹花亦是皇家瑞

送永嘉趙惟善之北京司倉

趙司倉初辭闕一鞭遠冒燕山雪燕山雪滿河氷結
酸風刮面肌欲裂長安沽酒與君别酒酣不覺雙耳熱
嗚嗚作歌歌激烈煩君為我同擊節試看昭王臺黄金
致英傑黄金散盡臺已空至今士氣何曾歇幸竝際昌

期况論盡超越班資正為賢才設况君年芳才更搢鵬
化南溟十萬程君今始上青雲轍肯為兒女情臨岐動
悽切丈夫要使心如鐵江南梅花為君折路長勿使音
書絶兩地相思共明月

題畫魚

上池生緑氷初泮暖逼小桃紅欲半纖鱗猶得泳恩波
何異鯤鯨運溟瀚變化逢時底用媒相忘蘋藻且徘徊
為龍聞説勞行雨祇恐禹門雷電催

送張知縣邦達

我初長安識君面四十才華正强健北海雲鵬翅欲張南山霧豹文初變自言來京已三載足跡勞勞半郵傳東浮浙水駕風濤西上蒼梧躡雲巘懷中無復茂才金身上空餘慈母線别去無何忽相報近得高軒適安便乃知優給有庠序擇師教育君膺選絳帳三間坐百人青衿一字數千遍三畧纔過又六韜終日吾伊不知倦吁嗟天意諒有在有美如平豈貧賤今年詔下大求

賢公論推君當鶚薦扶揺直上試天官一策敷陳雲錦絢賞音不獨主司驚嘖嘖旁觀盡稱善緣綬初垂何所之獨向炎方宰花縣炎方近年無瘴癘民物安然樂豐羡遠徼尤宜寬政施皇恩有待仁風扇此行所重民社寄臨别肯為兒女戀秦淮弱柳垂青青折取長條共攀餞沙口帆移燕語留花前酒續鶯聲勸明朝應度嶺頭雲千里相思一回睠遲子三年政績成還來此地重相見薏苡曾為馬援珠歸囊肯帶包公硯驥足應知難

久淹嘉聲又達明光殿

題王將軍梅雪軒

襄陽耆舊孟浩然雪中騎驢聳吟肩西湖處士林逋仙梅邊引鶴烏帽偏二子寒酸無所托遂與梅雪同清妍將軍執鋭常披堅奇勲要使彛鼎鐫雖蒙優擢入衞尉可容梅雪相留連我知將軍非泥此朝市乃欲如林泉況今四海同一天無勞萬里横戈鋋雅歌投壺分内事孰謂梅雪非我便種梅五六株構軒數十椽花時雪霽

江月圓香影滿庭氷玉鮮時時退直得清暇開軒命客
烹肥羶從教曲奏譙樓角任取寒生玉帳氊梅以供鬯
實雪以呈豐年上祝天子萬萬歲歲歲陽春生意全
乃知將軍愛梅雪寒酸之士正爾霄壤懸

題襏襫軒為夏叔敏賦 號東臯無子外孫張延宗繼祀

長年耕鑿東臯阿結得草軒如草簑栖身僅足蔽風雨
抱膝猶能發詠歌窗外鵓鳴花霧重門前犢卧柳陰多
嗟予久作京華客未得歸田柰爾何

送深上人湛然遊方

我生憶當年少時清狂縱逸誰能羈杖頭百錢一壺酒布襪青鞋隨所之不肯低頭學干謁每向名山訪幽絶片帆晴度淛江濤疋馬寒衝薊門雪黃河西來一帶横岷江東下連滄溟望中惟覺隘寰宇物外尚欲登蓬瀛年來潦倒渾無用疾氣攻身常隱痛稍因休暇輙欲眠並舍相呼嬾行動矧玆感荷君恩深優容散逸居詞林私懷固有尋山約激切難忘戀闕心雲水烟霞應

宿好靜自尋思還自笑至今天姥與匡廬清夜猶能夢
中到深師乃是學佛人與予似有三生因嶺上孤雲久
為伴天涯片月長隨身清容磊落蒼厓古破衲斕斑雜
縉補不惟潭底解降龍纔過山深即馴虎初從雲中登
五臺淮流杯渡江雲開少林長蘆雖古剎叢林須向京
都來京都諸山遍遊矚猶能過我蓬菴宿對榻聽殘上
苑鐘論詩剪盡西窗燭相看身世總忘機水自潺潺雲
自飛師利遠尋居士室大顛留却使君衣無心偶爾欣

相遇又復飄然拂衣去問師此去遊何方多在名山我遊處大江南北淛東西是處堪行路不迷試覓名山最奇處石間多有我留題

送梅知府之廉州

廉州作宰六載餘懸知撫字常勤劬土風自古少耕稼民業至今多採珠歸路惟迎竹為馬公庭示辱施鞭蒲他年太史論循吏惠政應推君最殊

過梅花堂

我曾泊棹西湖濱千樹萬樹梅花春孤山月照一蓬雪
十里湖光如爛銀興豪對客酣清醥達旦賡吟騁雄健
燈前索紙呵手題霜兎鏦鏘氷滿硯年來浪迹隨東西
看花多在驅馳中縱有香醪對明月渾無好興酬春風
只今書劒來京國欲訪梅花杳難得亭館多栽逞豔姿
山林誰重淩寒色春來未幾薄雪餘寒驢偶過西城隅
疎花寂歴三五樹中有一室幽人居室中幽人廣平後
旅寓看花為花瘦窗横古影神愈清杯吸寒香骨應透

相逢休言一事無鄰家有酒須賸沽趂取樓頭未吹角
莫教地上魚鱗鋪我因看花狂興發花應笑我生華髮
曲逆長貧豈足論馮唐已老誰能拔憐君與我同襟期
看花酌酒情相宜百年一任世所棄寸心獨許花相知
我家君家隅江浙一水相通吳與越此夕何如對榻眠
夢䰟還醉西湖月

長詩一章美韓侯也侯宰無錫多善政復以捍禦
有功遂陞州守之秩行且有日鄉人王昶會子

京師能具談侯德予辱知遇尤深弗得歸預攀轅之列敬用次第衵言賦成長詩五十韻使邑人歌之竊比甘棠之詠云耳

有客黄昏來寓邸扣門吴語知鄉里肅容升堂再拜餘袖出平安書一紙上言閭閻苦憂思下叙寒温詢動止燈前雞黍欵客嘗品味無兼嗟客裏酒酣詢訪悉鄉閭祗説韓侯政聲美自從侯初下車日務敦朴厚消浮靡勸民衣食務農桑游食咸驅業耘耔西風阡陌凉雨晴

黍稷盈疇光嶷嶷日斜村巷歸牛羊霜老園林熟梨柿
每歲春秋社祭餘親率吾民行飲禮推崇有德尊高年
一一酒行躬拜跪賓主從容酬獻間觀感人人良有啟
時因公暇入庠舍左右琴書坐凭几諸生濟濟頻上堂
問難執經窮至理遂致吾鄉孝弟風敦睦敻非他邑比
縱有凶頑亦革面訟庭罕見施鞭捶豈獨强梁化柔順
坐使妖魑絶淫祀寸心既正天弗違雨暘任意如頤指
事神治民各盡心實以一廉先律已處心寬仁復明恕

皎若日星清似水況復尤長捍禦功文武全才孰能擬
象緯令年示災變天兵抵闕除姦宄雄師百萬纔渡淮
敗卒南奔散如蟻却來州縣事刼掠行旅道邊相枕死
頓使前時革面徒舊惡乘風亦羣起白晝揮戈肆仇殺
閭室連村遭破燬聖皇戡亂已登極如日行空正天
紀詔書馳布宣至仁此輩猖狂猶未已俟言裁職當
字民塗炭吾民能坐視協謀僚寀集吏卒爰整戈矛張
弓矢奮身鼓勇當衆先盡獲渠魁磔諸市從此居民始

貼席老稚欣欣免驚徙且令無恙共相見不得我侯安
得爾事定侯來達上聞奏功特啓宸衷喜錫賚榮
頒品秩尊縣令超遷州刺史只令催上去有期無計攀
留嗟失恃徒切甘棠去後思撫字情親恩浹髓我聞客
言興歎嗟始信學優才可仕憶予前歲初還家舊業荒
蕪没荆杞亦曾修刺謁侯堂一見下堦蒙倒屣謬承獎
諭勉前修不以孤寒輒相鄙邇來别侯已三載雅論洋
洋猶在耳會侯來京我入蜀彼此參商乃如是感侯知

我情更深聽客之言良有以古云郎官應列宿益信斯言非謬矣百里民心有休戚政關令佐人臧否嗟我韓侯能惠民政聲足與龔黄齒願言守令皆韓侯堯舜吾民立堪俟侯當此去不再留發軔青雲自兹始客還為我深致辭攀餞無繇身絆此山斗區區景仰情作詩頌侯煩送似

駙馬公命寫枯木復戲題於上

歷盡氷霜甘老朽不作嬌柔效花柳夜撼風聲鳥雀驚

涼生月影蛟龍走嗟予好奇成畫圖墨痕猶帶烟模糊

寄言匠石勿相顧未必良材眼底無

寫墨葡萄

香墨濃翻研池汁眼前零落秋雲濕曾看月上海天高

水冷驪龍抱珠蟄何當釀得酒如川日醉北窗高枕眠

底羨涼州二千石題詩日寄瀛洲仙

題胡學士從叔祖母曹氏死節卷

此身所托惟良人良人云亡安用身未遂生前與偕老

宜從地下長相親事關生死豈不大心全節義惟其仁
貞魂雖遠愈不滅銘文炳煥留堅珉

端午賜觀騎射擊毬侍讌

葵榴花開蒲艾香都城佳節逢端陽龍舟競渡不足尚
詔令禁籞開毬場毬場新開向東苑一望晴烟綠莎軟萬馬
騫騰鼓吹喧五雲繚繞旌旗展羽林年少青綸巾秀眉
豐臉如神人錦袍窄袖巧結束金鞍寶勒紅纓新紛紜
來往尤迅速馬上時看藏馬腹背挽雕弓金鏃鳴一剪

柔條碎新綠忽聞有詔命分朋毬先到手人誇能馬蹄
四合雲霧集驪珠落地蛟龍爭彩色毬門不盈尺巧中
懸來如破的瞥然一擊電光飛平地風雲轟霹靂不知
何以能爾為憶曾凱奏張天威鬼神變化妙莫測此技
乃知聊爾嬉聖心舉此重閱武逸不忘勞在戎伍希
幣鮮華夾道陳馳騁許教便捷取自矜得雋意氣麗萬
夫誇羨聲喧呼摐金伐鼓助喜色共言此樂人間無鑾
輿臨幸天顏喜醼賜千官醉蒲醑光祿尊開北斗傍

簫韶樂奏南薰裏微臣何幸遭盛明清光日近多
恩榮呈詩敢擬長楊賦萬歲千秋頌太平

青雲軒爲項御史題

君家高軒絶塵歊知君逸氣長飄飄謝却山中白雲侶
來尋天上青雲交蛟龍相從作霖雨鵰鶚每共摩晴霄
丈夫如此真自快好將志業崇昌朝

送鍾子勤之南京復職中書

天寒幽薊漫山雪弱柳蕭條不堪折考績纔看上國

來離筵又向都亭別騎馬南征逐去塵長安紅紫正芳春池頭諸老應相愛官喜如初寵命新

為劉竹深題雲山圖

白雲縹緲山嵯峩幽人茅屋巖澗阿玉田瑶草暖烟碧落花流水春風和采松釀酒正堪醉掃石弄琴還自歌何當結隣成兩隱杖藜日日頻相過

題畫

結屋千山萬山裏軒窗四面峯巒起捲幔晴招嶺上雲

烹茶夜汲巖前水二三高人同素心杖藜時復來幽林抱琴相延坐亭上一曲雅諧山水音屋頭隙地肯相許願作比隣共相處賸採松花漉芳醪更覓黄精劚春雨

騶虞歌

景星輝閶闔開五雲粲騶虞來嗟哉騶虞豈偶然而來哉大化賦其德大塊成其材猊首虎軀雄見魁元文郁郁素質白爛然雲漢同昭回其動也不疾而速其靜也不猛而威不肯食生物履生草虎鹿百獸日與相追隨

嗟哉騶虞必應昌期而來歸始吾皇之御極兮出於
陽翟之大野今吾皇之時巡兮又見於曹邑之林隈
實繇吾皇盛治之所致德合堯舜之無為順四序平
三台五風十雨阜民財嗟哉騶虞乃得於此時遊於
帝鄉而徘徊入靈囿近瑤臺麒麟相與角端為儕文犀
白象相參陪萬姓乃畢賀懽呼隱如雷皇心謙抑不
自聖拒而弗有尤謙撝頌聲洋洋盈八埏微臣作歌愧
菲才仰祝吾皇聖壽億萬歲德業廣大功巍巍德業

廣大功巍巍

贈醫士李士文

李君業醫兼業儒閉戸著方仍著書濟生利物不求報人多感德交稱譽常年賣藥吳門市相去吾家無百里得與尤能日往還一幅風帆度烟水慚予薄宦久辭家君亦移居住京華春風二月城南陌尚得相尋看杏花

送道會歸西昌

西昌羽客初朝天星冠雲帔何翩翩上界從知有官府俗人謾説無神仙三花已聚九還畢一炁長存萬刼先我欲攀留倏然去鶴背玉笙凌紫烟

送綦教諭

褱書拂曉辭金闕相見匆匆又相别草色初黄薊北雲梅花漸白江南雪慇勤沽酒送君行斷鴈西風千里情此去莫言官署冷好將經術授諸生

贈醫士鄭德中

鄭君襟抱如陽春一廛賣藥京華塵家無所蓄惟善藥六陳之外餘皆新製成丸散及㕮咀按方如法皆精真見人抱病不須瘥痛苦有如同其身老人之老幼人幼切近不異骨肉親不肯屑屑趨勢利不肯蔑蔑輕賤貧一心治療忘勞辛直待病已情方伸人多感德申謝忱鄭君笑受尤欣欣人多感德未及報再干再瀆良不嗔吾知鄭君非常倫高誼直欲干青旻宜乎姓名傳縉紳誰言宋清之後無其人於戲誰言宋清之後無其人

怡壽堂為張指揮賦

將軍乃是留侯孫少年好武兼好文胷藏兵甲自整整
心懷道義常存存若翁不幸早殂落獨侍慈親顏尚渥
只今綠鬢正康強賸種忘憂長自樂慈親所樂樂有子
子已成名與夫似願教世世樹功勳豈但區區奉甘旨
將軍年年海上行帆艣横飛旗旆明糧儲豐足寇盜息
海波平帖軍民寧邇來北京偶相見禮貌雍容情繾綣
自言怡壽奉親堂願得詞章發光炷慚予才短思茫然

濡毫勉為成詩篇他年太史書青簡定著將軍忠孝全

萬木圖歌為楊庶子　　榮　仁　勉

君不見竇十郎靈椿丹桂何芬芳又不見三槐王子孫世顯必可望君家萬木不可當乃知令祖種德心孔臧樂善行義於其鄉屢發廩賙飢荒一鄉之人無流亡鄉人感德心弗忘為公種樹家山陽樹高應得千尺强願公之身壽而康樹材應得成棟梁願公之後繁且昌種來不知今幾霜昂霄聳壑森成行孫枝茂衍不可以

數計但見漫山亘嶺烟蒼蒼至今鄉之人蒙惠曷可量
生為室廬死棺槨隨教適用不敢償皇天報應何昭彰
生君際遇當明良功名足為親顯揚兩京侍從登巖廊
職當輔導居春坊六卿劍履參翺翔林巒因之重出色
泉石自此增輝光我能為君染彩翰調玄漿寫出君家
之萬木混融元氣搜冥茫蛟龍騫舉靄雲霧鳳凰飛舞
鳴琳琅須臾展掛君之堂祥風佳氣來四傍請君勿異
吾言狂等閒莫作圖畫張君恩先徳寓於此儼然如

在其洋洋君當掃地更焚香瞻對載拜什襲藏子孫百世存羹牆奇材大用殊未央嗚呼奇材大用殊未央

王舍人詩集卷二

欽定四庫全書

王舍人詩集卷三

明 王紱 撰

五言律詩

送王仲理復任四川僉事 亨號秋林

蜀道古云險憐君久宦遊一家渾八口萬里只孤舟雪滿岷山曉霜飛峽樹秋吏民懷舊德去去莫遲留

送葉經歷致仕歸建寧

十載塞垣外一身戎馬間拜官纔受賞謝病却投閑黄菊晚連徑白雲秋滿山趣多那可及悵望送君還

建陽高隱處山色五湖中路與烟濤隔船從浦溆通劒横秋影碧丹伏夜光紅安得謝人事從遊鶴背風

送吕太守之沁州字允銘號筠軒

沁州汾水北兹地我曾過郡郭雲山繞人家土産多民淳無獄訟時泰少徵科此去君為牧應聞五袴歌

送梁先生不移長子潛字用之次子混字本之

賢郎居諫職定省惜相違到此未爲久如何又欲歸家園梨果熟溪市蟹螯肥京國往還便莫將音信稀

寄龎山人士南

爲問龎居士年來安穩無高閒唐陸羽清逸宋林逋竹裡茶烟細梅邊鶴影孤逃名渾未許好句落江湖

夜宿黄牛峽

烟景暮蕭森黄牛峽轉深灘聲孤棹月山影半江陰感慨追陳迹登臨愜壯心倚篷眠未得何處又猿吟

送吴掾郎禮歸無錫省親字幼文均州知州載一統志

作掾已三載兵曹典要機久能勤案牘今喜訪庭闈沽酒鶯花晚行庖筍蕨肥故山無限好惆悵不同歸

題江村漁隱

釣舟隨處泊風颶一絲輕久已潛踪迹那能識姓名雨添春水濶山帶夕陽明獨有沙邊鳥時來共結盟

送王御史還松江

擬復烏臺任如何便乞還特恩憐母老多病許身閒别

葉松陵曲扁舟泖水間晏眠應有夢衣繡肅朝班

送解大紀遊北京

黄金臺下路曾是舊都城此去壯遊樂能忘遠別情壚姬留客醉商犬護車行登覽詩千首多應弔古成

送吕永明復任饒州司税終西安知府

與君同里閈遊宦異西東饒郡久司税天官初考功估平常課集貨聚遠人通自此應超擢休言秩未崇

野航

踪跡渾無定生涯一葦輕自應躭野趣無復重浮名汀草斜陽晚鷗波細雨晴不因時賣卜那肯泊江城

送張知縣

作宰麻陽去民風雜五溪世傳盤瓠後地接夜郎西臘釀多藤酒春禽半竹雞到官應有便莫惜寄緘題

送高員外省親歸毘陵

握手纔相見論懷未忍違我方遊帝里君復訪庭闈曉日辭丹陛春風戲綵衣應知到家後欲別更依依

題橫舟卷醫士許友恭賦

采藥芳洲遠放船心自閒朝隨漲潮去暮趁落潮還鷗鳥斜陽外桃花流水間趣高人未識風景出塵寰

謝華樗林寄佳菊四枝諱寅可字汝翼

佳菊滿籬東朝來寄好風花連人共晚香與意兼濃皎鵞肪白盈盈鶴頂紅相看思欲賦才拙句難工

病中雨夜二首

不眠孤燭在風雨送淒涼病骨秋加瘦羈愁夜併長自

應强飲食誰復問衣裳蟋蟀如相念時來啼近牀

懷抱怕生愁病來難自由雨聲孤館夜人影一燈秋書劒乖前志江湖憶舊遊無端身外事一一上心頭

作平湖秋色圖題贈陸彦玘考功

近自吳門别而今已半年交游心固切霄壤跡難緣宦况青雲表閒身白鳥邊漫圖秋色去還肯憶林泉

題流杯别墅卷

曾聞高隱處風景似山陰曲澗通流水脩篁藹茂林興

來觴且詠題在古猶今此本吾家事因君感慨深

製成鶴氅偶作

氅衣成野服飄逸類黄冠雪素輕狐貉風袪散羽翰不嫌過膝短正喜著身寬見影心猶稱時披月下看

寄章采芝公瑾

只説蹔違去如何竟不來莫非多契合從是久徘徊笑傲風前榻歌停月下杯却憂鱸正美歸輿又將催

寄包徵士公愷號梅莊江陰人

愛爾閒情好林堂白晝長楷書臨小晉近體學中唐水蒔一池芡園栽十畝桑不知籬下菊秋後肯分香

憎蚊

纔瞑便薨薨憑陵若騁能微軀不自愛利口向人騰座客勞揮扇書生罷炙燈秋風來旦夕知爾不須憎

宿維揚

淮海風流地狂遊記往年飄零重過此懷抱總非前囊惟孤劍妻孥共一船故鄉回首望烟樹渺江天

題自怡軒 黃叔洪求諱海卒年八十六

才非世所宜斂迹且棲遲口獨與心語人皆莫已知落花啼鳥處臨水看雲時此趣古今在誰云不自怡

雪夜與鄉人旅邸中小酌

客舍雖寥落清樽喜對傾偶同今夕醉忘却異鄉情炭熾寒猶在燈殘雪更明獨憐分手去一騎上邊城

代州道中

堪笑復堪嗟行行路轉賒稍陰憂雨雪纔霽苦風沙逆

旅人欺客征途犬護車不知緣底事淪落向天涯

南歸沁州道中曉行

冒曉促歸程嵐霏是沁城路隨流水去人入亂山行澗底春氷滑厓陰凍雪明鶯花南國近深慰客途情

喜家兄以中自滇南歸用朱公孟韻

弟兄無幾人舊業且容身共歎久行役應知多苦辛囊資詩卷在鏡影鬢絲新得遂歸來志琴樽日可親

題雲山樓閣圖

烟霞知幾重樓觀羽人宮路向嶺頭過船從溪口通枯藤懸絶壁古礀夾高松安得投身去長吟鶴背風

題漁樂圖

釣罷得魚鮮舟維野店邊閒同三兩伴盡醉百千錢弄笛船頭坐枕蓑篷底眠烟邊隨處好身世總悠然

雨夜過鄒氏溪東别業

溪口暫維舟敲門暝見投雨來山郭夜木落野塘秋寢閣香猶在行庖火尚留主翁情意厚樽酒更綢繆

題老圃卷

桑榆宜晚境築圃近茅堂鑿沼分流水編籬補壞牆雨晴瓜蔓緣風暖菜花香客過饔鷄黍村醪剪韭嘗

韓蒙菴先生同留夏雪洲館中韓以詩留别遂次其韻 韓奕字公望號蒙菴姑蘇人夏權字叔度號雪洲江陰人

閒身江海上世事每嫌聽吟藳逢人論扁舟到處停雪銷新水綠雲盡遠峯青何事思歸早潮生未滿汀

寄部希遠校書兼簡叔行東屏

萍蹤俱是客書館喜相臨來往無多路分違又一旬酒應端午醉囊似去年貧煩語賢東道池魚好餉賓

代雪洲端陽招客夏權字叔度

佳節逢端午葵榴照眼新君雖非飲客我豈獨醒人緑索寧須繫蒲樽正可親高情如不棄林下望車塵

病中述懷二首

卧病得休暇提撕百念非任真招物議隨俗與心違露草亂蟲響雲霄一鶴飛君恩知未報何敢道思歸

問年纔五九底事便奄奄壯志逐時減新愁與病添日晡思啖粥風冷怕鈎簾有客來看命猶談蔗境甘

送王檢討使朝鮮偁字孟敭號虗舟有集鮮學士縉作序

秉節赴朝鮮銜恩玉殿前華夷寧有間雨露自無偏馹騎經遼地雲帆拂海天遠人迎拜處應識使君賢

病後寄同志

少小頗知學老來何足論自慚書翰力難答聖君恩一病較纔好兩眸看漸昏客囊無舊物惟喜短檠存

寄沈徵士　睿字誠甫號存耕

東陽沈徵士於我久相疎間别已三載往來無一書情懷終自若客鬢近何如遥想諸郎好家庭樂有餘

贈蔣御醫用文　名武生諡恭靖

醫名追扁鵲傳派自長康屢見迴生效多藏經進方竹深通藥逕花外掩丹房修合常供御衣衫襲異香

送宏上人住保寧寺

别來忘歲月相見又飄然去住渾無著行藏只任緣故

山椎落木廢刹鎻荒烟師去重開社香燈祝萬年

送魯府黄謙紀善歸莆田

餞别秦淮上春潮没淺沙寸心應戀闕千里暫還家客路多芳草都門正落花徵書看又起未必久烟霞

送人歸省

遠别念親闈君恩獨賜歸鄉闗經月到烟水片帆飛梁稻歲初熟蟹螯秋正肥遥知調膳處綵服映春輝

送懷益州長老之四明

懷公方外士去住兩翛然有相皆成幻無心即是禪鐘聲山寺月杯影海門烟為續祖燈去能忘應世緣

送章秀才歸松江

挾策來京國經年未一官籍名通秘閣僦屋住長安身病憐親老妻亡念子寒恩教蹔歸去不是學張翰

挽吳母

令子居郎署慈親白髮垂每聞期就養誰料遽成悲太史書阡表名卿集挽辭獨憐斜日裏無復倚門時

送鄭州同知

考績上銓衡三年喜政成郡人多頌德朝士半知名落日孤城遠秋風上馬行遥知溱洧上父老久相迎

中秋對月追憶去年諸公遂有存没升沉之感因成近體一首

中秋已過半芳樽誰共親可憐今夜月空憶去年人得失蕉間鹿存亡草上塵揮杯勸孤影只合伴閒身

寄蔡景顒

始因從宦出先世福州人踪跡久居楚語音猶帶閩田廬依婦族圖繪贈交親千里聊相問身安莫厭貧

寄劉士俊

劉郎醫術好夙契已逢僊製藥少人見秘方多祖傳家貧雖寂寞客至即留連廿載不相見令人思悄然

寄徐伯玉

每懷徐孺子寥落共誰親早歲應多疾衰年又復貧苔痕封古巷松影過比隣獨喜添丁好傳家幸有人

寄徐九鼎

氏族南州派遺風亦好潛幽居隣陸羽清藝祖蒙恬地近傍城角花深露屋尖年來怕徵起踪跡隱魚鹽

寄潘子安 號海莊任夔州府同知所著海天清嘯詩集

潘郎豪且逸佐郡主瞿塘縱酒宦情薄耽詩野興狂才名雖藉甚家業已荒涼聞說高公女鴛鴦鎖洞房

寄孫景昭

每愛孫公子風流不可禁留賓開博具呼妓合鳴琴杯

汎忘形酒囊存買笑金别來嗟已久緑鬢雪應侵

中秋讌集分韻得青字

秋半露初白月高天更青相逢如此夜不飲若為醒急管奏清響長筵列廣庭百年能幾會杯到莫留停

題源隱

風景似僊家山厨飯熟麻恐人知姓字避地隅烟霞流水一溪雨種桃千樹花莫教漁父識出向世間誇

贈陳司倉廷玉

司倉雖小職京國掌軍儲天近屢朝見官閒如隱居秋風三畝宅春雨一園蔬咫尺頻相過毋煩重致書

送張邦達之四會

送君之四會接境近番禺夷獠居相雜炎涼候頗殊時清銷瘴癘地廣闢膏腴政績三年後應知德化孚

送王生還錢塘迎養

親老當迎養江帆去路賒故鄉翻是客上國久移家慈竹添新筍春萱著晚花到來應倍喜甘旨樂繁華

送楊教授之邵武

教鐸之閩郡諸生待琢磨莫言居職冷應見育材多晚棹投孤驛春衣換夾羅去途經浙水舊業喜相過

送黄仲遜之安平鎮巡檢

聞説安平鎮荆湖當要關瀟湘合二水衡霍拱千山地僻居民少時清邏卒閒遥知到官後多在醉吟間

挽菊莊金德厚先生

别去兩經春寄來書更頻只期重握手寧料永傷神禄

養悲賢子情親泣故人遥憐籬下菊今歲為誰新

雪夜凱師留宿戲贈

自笑年將老無緜斷愛憎閉門辭俗客下榻待吟僧茶煮春冰溜梅横雪夜燈要能同此趣京國許誰曾

寄匡世德

匡君一别久踪跡近誰依裳盡風流在年高故舊稀浩歌邀月上獨立看雲飛只歎階庭下無人戲綵衣

題臨清書屋

君家舊文獻世業喜聯芳書積數千卷門開半畝塘天光朝鑑滿燈影夜窗涼未許終嘉遯還應入帝鄉

深靜軒爲雲石長老賦蓋取杜少陵竹深留客處荷靜納涼時之句以扁其軒云

何處可追遊兹軒景最幽穿林開小逕鑿地引清流竹色明書幌荷香散茗甌高僧尤好客欲别更遲留

贈陳景中昆仲題所畫竹上

到京今六載衰病獨煢煢在客誰知已惟君弟與兄經

過常饋藥慰問每留情持此豈云報相期歲晚盟

暇日讀楞嚴經偶成

勞生何擾擾衰鬢已蕭蕭偶得楞嚴讀都將世慮消水流虚谷静雲度碧天遥獨坐忘言久西山對寂寥

初度

此日逢初度長年客帝鄉兩京叨扈從四海共安康振珮趨青瑣濡毫向玉堂不須稱壽者歌此進瑶觴

濟寧分水閘訪鄉人王大使

自說到官久往來多見臨上堂詢旅況對酒話鄉音日落郡城晚河春閘水深南歸應有待停棹擬重尋

東昌與陳德耔夜別耔江陰人號約軒

匆匆客路邊不得共留連公館燈前酒王程月下船孤城橫曠野斷鴈落平川别後重相憶應知夜不眠

和趙彥如中秋對月韻友同號存

秋半晚涼新空庭迥絶塵共看今夜月况是故鄉人展席聊呼酒烹魚底用蓴清光千萬里隨處可相親

送台州醫官裘訓科南歸

學業究岐黄新除拜寵光濟人惟用藥從宦不離鄉選勝登霞嶠尋真訪石梁因知歸思趣不敢問奇方

賦椰瓢

炎方充貢物須賜出金門外表匏瓜質中涵雨露恩香甘宜作果堅確可刳尊銘刻須珍襲留榮及子孫

輓李母　其子玉大理副

閭里共稱賢中途喪所天教兒登顯仕抱志卒餘年京

國輿靈櫬橫山入墓阡銘文書琬琰尤足慰重泉

得家書

昨夜鄉人到家書喜見投展開三四讀添却萬千愁舍弟貧依舊山妻病未瘳那堪諸幼稚日日望歸舟

王舍人詩集卷三

欽定四庫全書

王舍人詩集卷四

明　王紱　撰

七言律詩

送倪知縣克明服闋赴京 名峻兵科都給事中卒年六十三

解綬歸來廬墓側俄然三載廢鳴琴哀情那盡思親淚壯志難忘報國心馬識京塵嘶曉道人經官驛聽秋砧恩榮不日除書下好慰林泉早寄音

題蔡教諭先生鶴冢卷 名允昇 三衢人

琴罷杏壇長自舞蹁躚何遽永相違漫追坡老舟中夢
誰復丁仙海上歸聲斷夜窻松月在跡存春徑雨苔微
空留泮水蕭蕭冢落日淒風鳥雀飛

壽雪洲 夏權字叔度松江府判官仲實之孫上海縣主簿師顏之子其母趙氏旌表節婦

半百纔過一載餘鬢鬚如漆美簪裾富將詩禮傳先業
老向平原樂隱居椿桂陰森環第宅芝蘭萌茁滿堦除
況聞賢母冰霜操千古名傳太史書

過趙徵君文鼎隱居其先世宋宗室趙狀元之七世孫諱鉦號雪菴

只今誰識舊王孫，高隱澄江郭外村。宗室世傳家譜在，狀元坊建鼎魁存。清秋山色橫當檻，静夜潮痕直到門。擬得初春重相過，索嘗新酒薦河豚。

可笑先生七十餘，年時宿習未能除。閒身寂寞難忘酒，老眼昏花不廢書。半榻秋聲吟細細，一樽燈影鬢踈踈。幾番欲得相尋去，尚恐嫌人識隱居。

送楊昂從戍諱繩字德昂號静約

溪口停橈别故人臨行不覺淚沾巾一身奴僕親同旅
滿眼松楸託近隣蠻洞曉雲晴復雨瘴鄉冬日暖如春
即今聖主多恩澤久屈應知必漸伸

留别雪洲東屛其父師顔為上海縣簿卒母趙氏淑恩守節旌表

地好况聞名習禮參差高第映喬柯偶來為客住因久
漸喜居人識較多春暖壺觴陪宴集秋清簾幙聽絃歌
無端漫别西游去主意慇勤柰爾何

夜宿丹陽道中

行李出門纔兩日離情無奈便思家初從畢縣登平陸又下輕舟上小車客路暖來投旅店鄉音日復近京華
不眠苦被詩腸惱吟落寒燈一穗花

宿天界寺用石庵遊惠山詩韻

木落空山古寺秋尋僧聊遣世間愁塵勞似海何時了蹤跡如萍著處浮對榻覺同林下宿煑茶閒引磵邊遊
明朝又欲飄然去一幅輕帆過石頭

謝慶壽寺長老惠線香

挿向薰爐玉筯圓當軒懸處瘦藤牽纔焚頓覺塵氛遠
初製應知品料全餘灺每延孤館月微風時颺一絲煙
感師分惠非無意鼻觀令人悟入玄

歌風臺

黄屋初乘入故鄉悲風曾此醉壺觴固知有國因三傑
復恐無人守四方豐沛到今何寂寞風雲終古自飛揚
荒臺獨上追陳迹空見殘碑傍夕陽

元日早朝

七年從事玉堂間又值新正立曉班夾道旌旗嚴五輅
充庭犀貝雜諸蠻和風暖入承明殿瑞靄晴開萬歲山
聖代信然無隱者布衣都得拜天顏

和錢博士先生除夕感懷韻 仲益

京華住久客囊殫對影蕭然守歲闌酒浸屠蘇憐獨飲
盤堆苜蓿共誰飡家山夢在相思切心事逢人欲説難
年復一年多白髮駐顏何處覓金丹

觀大祀

雲漢昭回日正中聖君嚴祀荅蒼穹冕旒肅肅威儀盛玉帛煌煌典禮崇鹵簿香飄凝瑞靄簫韶聲奏度祥風百神咸格宸衷喜願祝繁釐萬國同

除夕有感

坐擁寒爐夜不眠漏聲聽徹欲朝天但知舊歲逢新歲不覺中年又晚年斗轉正臨丹闕近春回應自上林先幸當昭代慚無補獨立東風思惘然

送朱叔服還江西寫送別圖並詩於上

柳拂東風弄曉寒送君沽酒出長干閒身已遂還家樂直道方知處世難雲盡匡廬山色好雪消彭蠡水容寛離情一段歸圖畫留取相思别後看

送張副使赴四川憲司

憲節遥臨白帝城聖心欲慰遠民情豺狼退伏霜風勁鶻鷄高摶海宇清劍閣日斜驄馬驟錦江春好繡衣明遥知到日循行處父老歡呼夾道迎

寄題住長老萬竹深處

萬竿森立翠交加蒼雪紛如天雨花風度微涼侵貝葉
月明清影覆袈裟林深燈暝時聞磬逕裏煙生自煮茶
何日相過叅玉版禪關尤恐碧雲遮

牡丹

魏紫姚黄取次栽清和將近始花開羣芳任意叅前去
國色多情殿後來簾外日高施帳幄酒邊風暖醉亭臺
東君賦予何多也無限繁華獨占魁

梧桐

近種高梧金井旁重重如蓋映彫墻豈惟清廟中琴瑟
佇看朝陽鳴鳳凰得地自憐承曉露知時那肯著秋霜
賢矦公退鈎簾外滿院清陰白晝長

送吳太僕還京 鑑字德清號性泉廬江人

歲莫金臺雨雪飛匆匆相見即相違年來每憶交遊少
别後休令信息稀馬渡淮船春意早人還京闕曉光微
親朋見問無多及況味依然老布衣

重過小姑山

不到小姑今十年望中風景尚依然廬山金削遥天外
漢水綠浮飛鳥前祠下女巫鳴賽鼓沙頭津吏候官船
登臨重覓舊題處崖石歲深蘿薜牽

黄鶴樓

日暮江天獨倚樓樓高凝望思悠悠仙人不見鶴不返
江水自流山自秋七澤渺茫孤鳥度三湘寥落片雲收
數聲長篴知何處懷抱不勝今古愁

黄牛峽早行

灘下待明船子發起來篷望尚餘酣浪花夾棹捲晴雪
空翠撲人飛曉嵐勝跡登臨多自愜畏途跋涉信難諳何
當長揖人間事老臥林丘頗自甘

月夜過瞿塘

瞿塘灩澦足風波一葉官航抵暮過峽盡頓看江路濶
山開尤喜月明多圖分八陣石猶在柱鎖重關鐵未磨惆
悵英雄俱已矣令人千古獨悲歌

重慶道中苦熱

地近瘴鄉秋暑熱客行長日汗流顋草蒸惡氣薰人醉馬蹴飛塵撲面來望近驛樓思偃息行當山路苦縈迴虛懷漫有相如渴深愧應無作賦才

夜發資縣

過雨晚來涼氣好征鞍夜發肯遲留月華照路皎如晝風葉滿山渾是秋度水柝鳴津口邏隔煙燈起驛邊樓驅馳本亦勤王事添得詩情分外幽

曉過雙溪道中

殘月欲低溪水明林杳拂拂曉風清鳥從萬木陰中響人在亂山深處行境異自令心獨賞趣幽翻覺句難成不知蜀道幾千里一路吟哦到錦城

至成都

京國遠來將萬里士民歡悦共謳吟久欽西伯施仁政終見東平樂善心江帶錦城花爛漫山横劍閣樹蕭森只今宗社安如石聖念尤親九族深

題杜工部浣花草堂

浣花溪上草堂前想像當時思悃然鬢老風塵多自感身經喪亂復誰憐懶從江夏跨鸚鵡獨向西川拜杜鵑知己惟應有嚴武醉言何事又柗愆

武侯廟

忠義分明兩出師令人讀罷想當時躬耕本亦巢由志襟抱聊將管樂期魚水一時心已合風雲八陣石難移長星不使營前墜禮樂重興未可知

相如駟馬橋

相如辭賦擬風騷浪迹臨卭逸氣飄犢臭豈應親滌器駟車直欲預題橋才名當世黄金重志願凌雲碧漢遥富貴如何纔滿意白頭吟裏恨偏饒

酬四明王教授彬見贈韻

君才堪作濟川舟愧我無能鬢已秋江左家聲渾寂寞山陰宗譜尚綢繆經横絳帳崇師道裾曳金門久宦遊正恐相逢又相别玉瓶同擬醉沙頭

再用韻留别

西風江上促歸舟落木啼猿總是秋愧我半生多旅寓

憐君一見即綢繆宦情那肯輕同志鄉語偏饒訪舊遊

別後相思重回首吳雲迢遞海東頭

酬廖紀善去怠贈韻

文采芙渠映碧灣令人相對意忘還宦閒得俸惟酤酒

公退鈎簾只看山簪筆殿頭居紀職曳裾門下出朝班

思君正似仙凡隔瞻望蓬瀛弱水間

再用韻留別

巴渝西上幾千灣纔得停橈又促還歸路漸看京口樹

吟節難遍蜀中山黄花老我思秋逕白簡憐君綴曉班

會别人生那中料信音全仗往來閒

中秋對月

皎皎氷輪對客圓客心相對兩堪憐清光此夜異常夜

狂興今年非少年弟戍邊城勞别夢兒留鄉井望歸船

一家骨肉分三處應多感懷未共眠

送陳尚賓還靖州

嗟余湖海度年華爾復飄零更可嗟舊業暫歸翻是客
異鄉重到即為家江連雲夢孤帆遠日落衡湘斷鴈斜
後夜月明何處泊相思回首各天涯

舟中曉望都城有懷諸公

煙深孤塔是長干路近都城望眼寛江水今無南北限
山形原作虎龍蟠雲開魏闕朝陽滿月落秦淮曉影寒
遥想此時天上客從容鳴珮列朝端

謝惠皮瓛

拜惠仙墩三尺圓漆成文采瘦篠穿最宜箕踞長松下
又好跏趺繡佛前四體但能安即好寸心尤覺靜相便
題詩欲擬瓊瑶報坐對青燈夜不眠

題贈秋林草堂圖

書劍飄飄年復年感候相見即相憐行藏只說都由己
窮達寧知却在天遠塞關河迷落日故山庭院鎖秋煙
多情猿鶴應貽誚荒却當年種秫田

為黃侍讀賦瑞菊 淮字宗豫永嘉人謚文簡

秋英特表君家瑞合蔕聯葩色更佳讓國夷齊雙節在
分金管鮑兩心諧霜凝素瓣連環玉風動芳蕤並股釵
知是花神應加倍何妨疊日醉高齋

悼松菴性海師諱普真姓承氏惠山寺住持遷住虎邱五十八歲示寂王學士達善撰塔銘毘陵人

方外交情師最優尋常相見即相留蒲團對坐聽松雨
茶具同攜瀹澗流丈室獨存禪榻冷一燈空照影堂秋
固知去住皆虛幻顧我能無感舊遊

送陳指揮文懿還常德

將軍先世太丘陳功著當今號虎臣每効忠勤酬聖主久持威信服蠻人船衝官渡潮聲急馬踏京塵柳色新聞說轅門臨勝地桃花開遍武陵春

寄以中家兄時聞喪子依沈甥居

客窻無事即思兄消息傳來信且驚萬里獨悲歸喪子一身誰料老依甥田園尚足供饘粥杯酒聊將適性情安得乞閒尋舊隱白頭相對了餘生

寄錢汝容 默

衣冠楚楚整容儀吳越雲仍第幾支應役最勤官府事逢人多誦鬼仙詩秋收南畝時供酒燭剪西窻夜奕棊愧我塵途歸未得衡門何日共棲遲

送陳孟敷歸吳中兼問諸友

綠槐客舍澹朝暉回首鄉山子獨歸去路秖愁梅雨濕到家應喜藥苗肥青樽舊約呼隣酒白苧新裁換客衣吳下故人如有問每慚泉石久相違

送任太參勉之福建 守近思號薇菴華亭人洪武甲戌進士

都亭南望路迢迢仗擁雙旌引去軺官拜大參行外省
人推清譽滿中朝風迴海舶珠犀集雨洗閩山瘴沴消
服遠最宜恩信立佇聽嘉政播民謡

題竹

林下蕭然拔俗姿難隨花柳競芳時秋深風雨邀誰聽
歲晚氷霜只自知節帶粉痕龍骨蛻葉隨清影鳳毛披
王猷去後高風遠世眼相看總未宜

題贈潘克誠菖蒲卷

一寸雲根九節生人傳堯韭是嘉名曾聞久服身常健

最喜相看眼倍明露帶曉光珠滴瀝水涵秋影劔崢嶸

題詩記得池亭上窻几無塵宿雨晴

寄内弟趙叔平

别來不覺又秋風歷想君家在眼中稚子情嬌初學語

慈親年老近加聾新居每對千竿竹先隴應添幾尺松

世業喜聞能復舊休將百萬一梟空

題友竹軒朱紹善繼求丈林人

梅易飄零松已老此君交久更多情晚凉移榻就林影
秋夜讀書來雨聲勁節豈隨時俗態虛心常結歲寒盟
王猷未必非知己直造敲門肯見迎

寄鄧舜英權號筏樓釣者

素耽書法又耽詩眉宇分明玉雪姿共樂琴樽欣有地
獨持門戶歎無兒數間茅屋風生榻千畝禾田水壞陂
惆悵别來渾二載旅牕明月幾相思

寄潘克誠 號蒲右

年來潘鬢漸成霜滿架牙籤總是方數轉曲欄通鶴逕一披低屋養花房賢郎盛暑調湯倦童子新晴晒藥忙聞說家西新買地半栽蔬果半栽桑

寄余彦行 號璿耐脴

客邊無處寄相思交誼如君更有誰豈獨芝蘭沾我輩久將詩禮及吾兒齋前曲逕稠桑合門外横橋細柳垂鄉夢覺來猶歴歴不知何日是歸期

寄古錢先生 允字達可姓錢

鶴髮童顔九十翁數間書屋住溪東通仙每得懸壺術遣世長思荷鍤風春暖酒醅浮甕緑夜深丹火伏爐紅别來高致空懷仰何日從容語笑同

寄德常先生 吴奚號耐辱

杖藜時復到山城鶴骨清癯步履輕不是里胥催過割定因官府報開耕黄花遶逕秋霜曉紅稻登場宿雨晴聞説近看莊子熟滿層家鴈盡能鳴

寄呂教諭先生 敏字志學號無礙居士

生平典教老歸休肩背龍鍾雪滿頭聖主特頒新誥勅
朝臣多説舊從遊園池雨歇禽魚靜牕几秋清竹樹幽
昨日有書來翰苑墓銘先欲向人求

寄一瓢余君 時喪母海字朝宗卒年八十絶嗣

聞君哀毁若為情骨立蕭然鬢雪明井臼秪應勞閫政
簞瓢猶且託門生慈帷慘澹秋燈影破屋凄涼夜雨聲
如此孤貧良不惡輕肥那得免憂驚

寄匡世德

風流應不似當年鏡裏愁看雪滿顛博具更無豪客對
酒杯聊供細君傳久拋祖產難供米舊積房奩盡買錢
肯信多男又多累一身贏得日高眠

寄蒲嬾翁 坦字濬之

一幅烏紗兩鬢絲令人常想舊容儀詩名老去尤推重
藥術年來更絕奇紅杏軒窻春澹澹綠楊門巷晝遲遲
遥知燕處渾無事水浸雕籠浴畫眉

松筠軒

牕户無塵一逕深古松脩竹翠陰森采花爲酒落金粉挑笋作蔬抽玳簪夜月每看祥鳳宿秋風時聽老龍吟平生獨抱幽人操誰復歲寒同此心

送王經歷

六十難稱致仕年君今獨許樂林泉近臣殿陛宣恩旨朝士都門列祖筵江帶去城辭建業山迎歸棹入臨川遥知今歲重陽酒應共比隣醉菊邉

題蒼筤池館 錢塘慧泉翁陳仲明二子德中景中

軒窻閒處小池平翠竹新栽繞徑生洗藥每驚魚躍起
掃苔時放鶴來行涼生清籟秋偏早影動微波月倍明
惹得王猷知此處幾番直造不通名

扈從回京舟中渡江

千里樓船江上還狂歌醉舞浪花間今宵對酒莫辭飲
明日到京無此閒落日寒潮揚子渡淡烟衰草秣陵山
壯懷不必悲前古共整鳴珂候曉班

送鄭尚書致仕 沂字衆與浦江人

曳履南宫雪滿簪尊榮重沐聖恩深名成早遂還山計身退猶存戀闕心車馬都門爭祖餞盤飱隣曲共追尋知君孝義傳家久子弟那能惜賜金

用韻元日早朝和鄒先生 緝仲熙

珊珊珂珮共趨朝綵仗森嚴擁戟旄仙樂奏隨方物表天香飄及近臣袍風微玉陛春光早露濕金莖日影髙班退又聞催入燕宫花簪帽醉葡萄

和蘇檢討先生除夕前一日齋宿翰林伯厚

臘盡重城暮雪殘詞垣齋直坐更闌金蓮光爍青綾夜寳鼎香飄玉署寒阿閣喜同威鳳宿明堂遥覩衮龍盤此身幸際昇平日三策何須獻治安

贈潘晦初

都門一笑喜相逢典却春衣酒肆中且放襟懷同嘯傲莫將眉宇論窮通卧龍蟄後今安在良馬羣中久已空老眼到今無着處醉來江上目飛鴻

送陳指揮赴甘肅

家聲曲逆傳來久計略尤能每出奇寵命近聞陞上將兵威應見振邊陲屯開瀦野千營列獵過祈連萬馬馳聖代豈惟修武備要將恩信事覊縻

題杏花春色卷

年來芳杏種成蹊結得數椽茅屋低草色階除看虎卧花明簾幙聽鶯啼曉天白映梢頭月雨徑紅粘屐齒泥自是董仙風致在漁郎休道武陵溪

曉發通州望京闕作

小雨初晴曉霧開五雲深處見樓臺山連遼海金城固春滿關河玉輦回星漢共瞻天漸近衣冠重整客初來欲憑子墨誇雄覽愧乏揚雄作賦才

別南京

紫禁鐘殘萬馬奔曉隨仙仗出都門送行不盡親朋意扈從身蒙聖主恩日出海霞紅散彩雨添江水綠生渾憑高回首瞻鍾阜王氣龍蛇勢獨尊

到北京

纔别南京又北京客途渾是月餘程舟車不覺經行逺冠佩重叨扈從榮廣陌遍嘶初到馬上林時聽舊啼鶯解装且醉都門酒自慶餘生際聖明

和曾侍講禁中聞鶯榮字子啓號西墅甲申狀元

緑陰踈雨淡朝霞紫禁啼鶯競物華聲度簫韶偏宛轉地臨霄漢絶喧譁纔穿鎖闥千條柳又隔薇垣萬樹花佳唱寄來難即和只愁貽笑大方家

和鄒侍講雨後夜坐喜涼有作 緝字仲熙號素菴吉水人

一雨渾無六月炎御溝流水晚來添近居直院新開第初試涼衫舊賜縑古鼎香飄風滿席疎簾光射月當檐夜深不覺吟哦久詩法輸君律最嚴

再和前韻

雨餘瓊署不知炎此夕多君逸興添燈下展書横一榻酒邊濡翰掃千縑月驚棲鳥爭喧樹風約流螢直到檐我欲披襟同露坐休將禮法待人嚴

三次前韻

天近都城暑不炎晚來凉氣雨餘添樓臺何處秋横笛機杼隣家夜織縑吟對篆烟憑曲几卧看銀漢傍虚檐翻思襏襫江南日冠服何繇得整嚴

酬朱逢吉先生見寄韻以真號芝山大理寺丞番陽人

聖主鑾輿事北廵山川皆被寵光新榮當扈蹕叨清職忝預絲綸愧昔人丰采未瞻聞譽久緘題先寄見清真近知松桂凌寒好畢竟均霑雨露春

和曾侍講題新建秘閣韻

帝城東望勢岧嶤阿閣新成逼九霄玉署近臨青瑣闥粉垣深映赤闌橋夜牕燈火明蓮炬春殿笙歌識鳳韶誰似相如才獨贍賦頭尤覺氣飄飄

新成秘閣聳岧嶤碧瓦朱甍映紫霄翠柳夾栽香輦路玉欄斜轉御溝橋縹緗絢爛文成錦歌頌鏗鏘韻協韶定有青藜來照夜虹光高遂五雲飄

題華節婦卷夫病亟遂自縊華源長之妻鄒氏近仁女也

偕老曾將百歲期一朝凶變竟何為微軀只合從夫死
大節寧堪使婢知鏡掩青鸞藏鈿匣繯垂白練繫雕楣
于今同穴埋雙柩連理應生墓上枝

挽計生岳允中舍鳴鶴之子

若翁已失生平望對客無言淚滿袪遺墨尚存新著稿
小齋空積舊藏書樓成作記應難測地下修文恐不虛
自古多才偏夭折茫茫造物竟何如

挽張真人字初字信甫號無為子四十二代天師

憶昔瑶京相見日許同仙籍注清班遽聞馭氣遊無極不復焚香授大還笙鶴逍遥三島上樓臺縹緲九霄間世人空自藏遺翰邈矣高風不可攀

和祭酒胡先生題種菊韻儼字若思號頤菴卒年八十二

佳菊移從何處來鬢絲相對共氊毸閒情未得籬邊種冷眼長看客裏開花吐清香隂滿逕根培宿土砌成臺高風遠慕陶彭澤詩句應須著酒催

又次聞鴈韻

燈殘孤館獨醒醒斷鴈那堪此際聽老去情懷渾似水

年來踪跡尚如萍一天霜月飛何處千里關山想寧馨

料得豪家無此況酣歌清夜對娉婷

北京八詠

居庸叠翠

峯巒叠叠樹冥冥黛翠浮光向日横高聳青霄臨北極

遥連紫塞到東瀛路通絶域來番使天設重關壯帝京

四海車書今混一好磨崖石送皇明

玉泉垂虹

樹杪潺湲落翠微分明一道玉虹垂天潢低應廣寒殿地脈潛通太液池遥望直從雲盡處近聽渾似雨來時煑茶不讓中濡水陸羽多應未及知

瓊島春雲

蓬島樓臺金碧暉春雲郁郁更霏霏曾爲甘雨從龍去又向朝陽逐鳳飛玉几爐烟同縹緲彤垣花霧共依微從來此地多佳氣五色成文繞禁闈

太液晴波

翠浪粼粼帶碧煙瑶臺西畔玉樓前九重地隔人間世

一片秋涵鏡裏天星斗轉時銀漢近芙蓉開處綵雲連

此身已得隨鵷鷺共沐恩波祝萬年

薊門煙樹

雉堞微明散曙鴉重重煙樹萬人家輪蹄雜遝香塵暗

樓閣空濛酒旆斜翠柳陰邉樓宿雨絳桃繁處絢晴霞

都人歲歲清明近此地尋春競物華

西山霽雪

雪滿西山繞帝城憑闌清曉看新晴千尋玉樹臨風倚九疊銀屏向日明都市酒香春色近御溝氷泮水初生天應預教豐年瑞萬姓謳歌樂太平

盧溝曉月

扈蹕重來趂曉裝幾家殘月樹蒼蒼數峰雲影横空濶一帶波光入渺茫人語暗喧孤戍犬馬嘶寒踏滿橋霜望中風景皆詩思況復樓臺是帝鄉

金臺夕照

黃金北地曾延士極目平川夕照斜水遶易城遺霸業田連督亢屬農家蒼茫暝色煙中樹縹緲晴光雨外霞千古高臺餘舊址西風殘柳集寒鴉

送周編修復任還南京 功敘

十載詞林來考績兩京佳麗遍遊觀紀行隨處添新稿拜命歸時復舊官雨過秣陵山色好潮生揚子水容寛懸知別後重回首塞樹江雲路渺漫

送李教諭之無錫 孟昭諱湛

送别都門酒滿巵吾鄉今喜得賢師中朝正值文風盛後學應蒙化雨施鴈度江淮霜落早馬行齊魯雪晴時故人相見如相問為説年來鬢已絲

仍翠樓為金溪趙公理賦

若翁仙去竟如何手植琅玕已滿坡門口直開三徑入樓中應待七賢過晝長蒼雪飄簾幙夜靜清風響珮珂最好年年雷雨後階庭添得錦棚多

挽穆先生 其子肅雍皆擢指揮

聞說當年謁至尊布袍藜杖入軍門六韜適遇風雲會
二子皆承雨露恩丘隴豈期身遽沒功勲應與國長存
董公遮道真奇事太史於今可並論

元夕賜宴觀燈應制

紫禁春回景物饒千官陪宴賞元宵樓臺和影來三島
燈月交輝映九霄錦隊喧時呈角觝翠華臨處奏仙韶
太平氣象年年好萬國謳歌仰聖朝

人間元夕喜天晴况復繁華在帝京鳳輦遥臨雙闕迥
鼇山高聳萬燈明春風車馬塡都市夜月笙歌滿禁城
不是吾皇重時令要同黎庶樂昇平
翠聳鼇山對闕開萬燈森列映樓臺初疑星宿薇垣聚
又見神仙閬苑來火線走空飛夜電香車塡道動春雷
臣民共樂恩光裏願獻吾皇萬壽杯
望近仙家十二城君王元夜宴瑶京月華且讓燈毬起
春色先從火樹生平地蓬瀛開勝槩半天歌管奏新聲

小臣願獻昇平頌萬歲千秋仰聖明

四友軒為陳考功賦

每愛大夫多晚節復憐仙子占陽春此君既共稱三友

我輩何妨屬四人歷盡歲寒盟已舊生同風致意偏親

幾番詩酒高軒下彼此忘形各任真

送廖教諭再任松溪縣庠

匆匆相送出都城回首松溪兩月程行槖近添新著述

到官仍復舊師生壇開紅杏微風暖池長青芹細雨晴

今歲秋闈攀桂客多應講下占魁名

遊天王寺用修撰王時彥韻英謚文安

古寺尋幽竟夕暉敗垣芳草路依微鳥啼空院僧何在樹老閒庭鶴自歸靜對方池移石坐高臨孤塔看雲飛平生自信心無著不俟衰年始息機

送友人

投老還鄉鬢已絲風流誰復異平時數間書屋鶯花繞千里樓船婢妾隨寶劍每將燈下看玉簫應向月中吹

人生此樂如君少莫笑吾儂拂袖遲

逢武當道士李幽巖用王修撰韻

慭攜笙鶴遠朝天盡道丹成骨已仙巖岫往來馴虎豹荷衣著破帶雲烟歲周甲子何曾記夜過庚申遍不眠回首故山歸興好嘯歌風月浩無邊

贈孫碧雲還武當

纔朝金闕便言還自是高風動聖顔身作地仙逢盛世面承天語任名山重重樓閣空青上六六巒峯紫翠間

料得塵緣無一點此心應只伴雲閒

哭林侍講誌字尚默號見一居士侯官人永樂辛卯解元壬辰會元榜眼春坊諭德兼侍讀五十卒楊文貞公士奇表其墓

早登科第占魁名載筆曾同客兩京夜靜玉堂邀看月春深丹禁坐聞鶯才華未及施經濟交誼寧知隔死生老我情懷怕傷感不勝雙淚為君傾

送張中書愿中扈從出塞

聖主巡邊馭六師君當扈蹕共稱宜天威震動風雲合

荒服歸降雨露施策馬曉行隨彩仗濡毫夜直近彤墀
人生際遇良非偶況復功名及盛時

胡祭酒索寫洪崖圖依韻奉答辭之　儼字若思

纔過中年又晚年筋骸疲憊眼茫然久將清事抛成
懶忽得佳章喜欲顛珠浦光寒秋見月玉田膏潤暖生
烟便當什襲藏書篋留與兒孫作世傳

纔過中年又晚年一身多病已頹然漫將詩酒愁邊
遣不復毫纎醉裏顛數葉竹梢承雨露一拳苔石

寄風煙若言貌得洪崖景仙路尤難我輩傳

題何雅言古柿山房卷

山房栽柿久成林手澤傳芳直到今根與芝蘭同長養

葉連椿桂共蕭森霜明秋色垂朱實雨過春雲結翠陰

每見奇材常輩出應知先德種來深

竹深處爲劉孟功題

萬竿森立草堂前門巷迂迴小徑穿席展翠陰留客醉

詩題玉節許僧鐫未秋已覺涼生袂清夜那知月在天

老我情懷怕蕭索却疑風雨若爲眠

茅屋爲秋風所破有作

西風昨夜起狂顛捲我茅齋屋頂穿紅日迸光來枕上白雲拖影到牀前破鐺煑茗煎明月古硯濡毫蘸碧天一夜寒牕渾不寐寸心直至斗牛邉

過淮安送周丈威歸吳

我昔送君君挈家君今回棹我天涯萍踪又向幾時會蒲質共驚雙鬢華淮海雨晴潮湧日邉城春暮雪漫

沙江南最是關情處茅屋暖風開杏花

題赤壁圖

當年坡老謫黄州與客曾從此地遊簫舞潛蛟幽壑應

船迎孤鶴斷磯頭半篷月色氷輪曉萬頃波光玉宇秋

三國英雄誰復在一尊還為酹江流

潼川驛宰潘君復任持卷求詩

三年傳舍官如舊來往追隨不厭貧掃徑慣迎天上客

折梅長寄嶺頭人驛樓樹暗淮煙曉官棹花明楚水春

待我南歸重經過索茶呼酒莫相嗔

登盱眙

縣郭高臨紫翠間泊舟乘興一躋攀荆楊南望無多路淮楚西來第一山僧舍經幽松影合水祠碑在蘚痕斑登臨不用悲今古渡口寒潮日往還

月篷軒

軒居窄窄小於舟牕户虚明瞰碧流月色正圓思載酒波光難定懶垂鈎不憂平地風波起最喜近人星漢浮

無限滄洲煙水趣謫仙何必跨鯨遊

客中元夕對月

異鄉何處看燈好片月多情對客懸遥憶故人千里共又看新歲一番圓愁中燈火逢今夕醉裏笙歌記往年蹤跡漂流難定止舉杯端欲問青天

出塞述懷

欲和天關杳不通身投荒服遠從戎王孫誰復哀韓信行伍何由拔吕蒙風折布綫邊地冷月明笳吹塞樓空

丹心去去終須報早下那能得戰功

從役

鶴骨昂藏七尺身年來趨逐困紅塵順時語笑皆非我在已形骸轉屬人貧窶每遭同輩侮迂踈常畏奉官嗔獨能枕上番番夢尚與滄波白鳥親

塞上五月見蝶感懐

五月塞邉纔見蝶令人忽動故園情牡丹亭館微風暖芳草池塘細雨晴花底撲來歌扇小酒邉飛逐舞裙輕

蘧蘧肯作江南夢沙漠應知負此生

九日諸友讌集分韻得將字

塞北秋高思轉傷孤城風雨又重陽杯盤強欲酬佳節蹤跡還驚老異鄉白髮幾人存故舊黃花何處覔清香烽塵那思登高望南國音書絕寄將

寫家山圖贈松江陸宗善

千里家山阻道途昔曾遊處漫成圖青山斷處非三泖白鳥飛邊是五湖楊柳陂塘茅屋小杏花村落酒旗孤

慇勤寄與同來客此景江南彷彿無

送子南歸二首　孟端謫戍山西大同行都司安東中屯衛二子長默字汝言次恒字汝貞

默子孫磚橋住
恒子孫錢橋住

離情於汝倍多愁相顧無言只淚流舊業未知還可葺邊城猶恐不宜留凍雲衰草横沙磧落月悲笳起戍樓數我歸期難預卜好將詩禮襲箕裘

情親不覺淚紛紛頓足牽衣未忍分後累定知殃及汝中年誰料苦從軍一身弓劍屯青海千里關山望白雲

汝毋早亡遺幼弟古來同氣汝曾聞

送曹勉省父後南歸

故鄉南望路漫漫回首嚴親淚眼看未別只言歸思切臨行猶覺去情難關門月落雞聲曉塞草霜枯雁影寒知汝到家眠未穩又思行李促征鞍

初歸

征衣漠漠帶風沙暫得歸來重可嗟在客每憂難作客到家誰信却無家解裝蓋貫隣翁酒借榻多分夜衲茶

堪笑此身淪落久夢中猶自謫天涯

宿西源上人山房寫懷 諱汝湧姑蘇人住持中天竺

異鄉久滯幸生旋轉眼中年近晚年蹤跡自憐飄泊裏
情懷偏愛寂寥過秋燈茗椀同僧話夜月蔾林對鶴眠
自喜拙謀從事簡豈應高尚絕塵緣

次韻咏獨鶴

昂昂絕俗誰為侶不是高僧即隱君遠水獨歸憐片影
空林清唳憶同羣夢隨坡老舟中月舞罷支郎榻外雲

惆悵我來難近狎飄然猶似避塵紛

酬承天寺幻師病中見寄

語話相投意便親鬢須交久往來頻半生未得吾忘我一默方知妙入神大患有身身是患至真無跡跡非真是非形跡俱忘卻可擬當年問病人

白雲深處為陳孟端題

高隱白雲深復深階除晴晝亦生陰山藏暝色迷歸鶴牕捲朝嵐恐潤琴忽爾去留那有跡飄然舒卷絕無心道

人只自閒怡悅俗客要來便難尋

題遠碧樓

愛爾樓居高百尺每來憑檻極天涯望窮絶嶺一痕斷

坐對遥空四面垂樹杪平湖春雨後煙深芳草夕陽時

才疎未敢追王粲興入蒼茫獨咏詩

重過虎丘馬天雨上人寫畫

世味年來冷似氷名山猶喜得重登百年心事誰知已

半日閒情獨訪僧木葉下時風淅瀝莓苔掃處石崚嶒

寫成一片秋林意應對清吟雨夜燈

送范宗輝歸四明省親

對酒長歌遊子吟酒闌歌罷淚盈襟百年不是逢知己寸草何由得遂心烏鳥聚時吳樹晚白雲飛處越山陰到家拜舞怡親日應說侯門待士深

黃廣文席上咏白甆杯

愁把相逢一笑開廣文今夕試新杯淺深自是甄陶出製作應從模範來清夜舉時宜問月初春携處好尋梅

摩挲醉眼筵前看玉質娟娟絶點埃

耳聵自嘲

自喜從今不畏雷是非無較轉癡呆心情要與分明解
指掌須教點畫來每事應酬將意測卒時呼喚肯頭廻
偶逢生客初相訪未及交談便指腮

謝呂先生惠幅巾　敏字志學

烏紗寄惠承高誼兩帶翩翩一幅全製度想從周禮出
風流得自晉人傳寒爐坐守偏相稱曉鏡看來亦自妍

昨夜尋梅到山寺僧言疑是老逋仙

爲夏以廉寫松于扇

寵拜秦封未足誇昂霄聳鶴勢槎牙掃煙曾見燒成墨釀酒常思剩采花夜靜風聲驚鳥雀月明林影寫龍蛇掃歸好爲而翁壽歲晚相看色轉佳

題蕭仲和戊成都思親卷 諱篪號蒼崖

劍閣崢嶸列翠岑東吴一望一沾襟不惟客久懷鄉切復恐親尤念子深甘旨百年烏鳥志關河千里白雲心

知君近得榮歸好愛日惟憂暮景侵

寄樗林華先生寅可字汝翼

先生眼底雖無子懷抱老年能自開令女素稱閨閣秀外甥尤具孝廉材一節吟影梅邊月兩屐行蹤竹下苔別久令人想高致雪中應擬泛舟來

為夏雪洲舟中屏上寫竹

一剪輕雲落小舟漫將書法效湖州清遊便欲邀坡老雅好還宜載子猷蓬底影橫湘浦月燈前聲帶海門秋

興來欲作長竿去釣却連鼇煮訪十洲

贈徐君邦孝脩戶部侍郎憲字元度之孫

難後不知何處好客中相見鬢絲新此身已老誰知己舊業於今盡屬隣歸夢幾回膠嶺月借耕十畝練塘春人生萬事應難料未信長年孺子貧

用韓先生看梅韻述懷奕字公望吳人號蒙菴

嗅梅林下看新晴頓覺蕭然俗慮清事往語人猶在夢才跡于世若忘情雨添江水春無跡雪墮松梢月有聲

自古人生須適意是非身後托誰明

適閒翁以松簟風銷見餉以詩戲呈

寄來佳品見高情露菌風銷始識名翠釜煮時雲朶朶

玉纖傳處雪盈盈香甘絶勝半酥餅嫩滑偏宜豆乳羮

却愛老饕難遍飽吟腸依舊作雷鳴

釣詩鈎

好句如璜得者難江天佳趣浩漫漫長吟對酒初投餌

小立支笻勝把竿興逐白鷗揮彩筆思牽花藻出層瀾

只今湖海多風雅不獨名高七里灘

煆詩爐

物情爲炭趣爲銅始信經營意匠工光焰騰衝天上下
詞鋒淬就劍雌雄推敲句法從精鍊陶冶心靈入混融
雅頌百篇存古製定將橐籥鼓淳風

貯詩囊

奚奴背上日隨行小李當時早得名隱括尋常風月趣
包容今古詠歌情珍珠粲粲光華滿文錦輝輝彩色明

累牘聯篇藏已久未逢刪采向誰傾

送謝長司歸山西守制 勉字公載蒲州人陞大理丞

左遷花縣居連幕故道經行尚避驄正待瓜期登上考

遽聞椿壽告初終松楸望遠愁雲外山水程多淚眼中更

好節哀思為國莫徒傷毀慟蒼穹

趙縣丞以事繫法司乃弟自台來赴難及獄平始

告歸省以詩送之 縣丞名孝禮字次進

急難每聞人共勉況君骨肉最情深不惟友愛弟兄義

正欲怡愉父母心花底醉歌忘旅況燈前懽敘話鄉音到家具慶尤堪美椿桂滿堂生晝陰

送鄭御史致仕歸義門 諱榦字叔恭

壯年從宦老京華歷任先朝歲月賒自入憲臺頻攬轡近承優詔許還家金領內帑衣裁錦醼錫南宮帽壓花如此恩榮光閥閱向人稱說信非誇

和曾侍講對雪韻

朔風吹雪送殘冬坐擁貂裘不厭重大地銀鋪千萬頃

遥天玉峭兩三峰晴光掩映都城柳曉霧蒼茫禁苑鐘
詩思逼人吟不就漫將濁酒助衰容

對雪再用韻

一天風雪入深冬添得詩人興趣重壓樹只疑花撲地
看山無復翠為峰管絃沸沸青樓酒臺殿盈盈古寺鐘
忽聽陽春歌絶調令人不解若為容

送竇郎中之杭州都綱

自是人天說法師新承恩命授官資春乘短棹還山去

曉著方袍向闕辭楚甸蒼茫殘雪盡海天空濶片雲遲諸
僧迎候知應久共看松房偃舊枝

哭内弟趙叔平

我昔新婚子弱齡而翁從戍適當行别離去國不足念
生死托孤深往情萬事轉看皆往夢寸心猶恐負前盟别
來十載不一見老淚寧知為爾傾

送胡直秀才下第歸南京胄監生（直字敬方復姓熊槃之父）

白髮科場未得名鄉闈先達半諸生典文深有披沙恨

失路能無抱玉情夜雨燈窻歸上舍春風花柳别都城
秖今且讓諸年少他日鼇頭屬老成

題凝碧書房為江陰徐孟熙賦

愛爾髙齋傍柳陂綠陰長滿讀書帷晚涼燈火秋聲早
晝静軒窻日影遲畧洗竹林通鶴逕遠分潮水入魚池
何當借地相隣住白首同為歲晚期

瑞應獅子詩

西戎獅子進神京粲粲金毛映日明幸際盛時親睹此

絶勝前史但聞名萬方頓使羣妖息一吼能令百獸驚不是吾皇珍遠物遠人深意慕朝廷

麒麟詩

華夏同春海宇清麒麟先後進瑶京信知和氣多祥瑞喜見遐方仰聖明聲協簫韶金殿奏步循規矩玉階行四靈稱首昭仁瑞萬歲千秋享太平

挽胡母吳宜人 學士胡公之母

身膺五福介期頤出自名門衆所知井臼相夫成顯宦

詩書教子達明時恩榮已拜宜人誥懿行當為女士師婦道母儀俱不泯文光輝赫墓前碑

題醫訓張良用全安堂卷有藩府書扁

醫名猶得動侯王為寫全安墨有光種德豈惟燒藥卷傳家却是活人方階庭雨後添生意簾籠風前散異香共喜拜官霑寵渥聖心端欲萬民康

送陳吏部再赴交趾安撫治字叔達昆陵人

炎荒萬里喜班師又奉綸音向闕辭蠻地既平為郡縣

聖心尤欲撫創痍山川瘴盡風雷肅雨露恩深草木滋

遥想旌旄重到日姓名先慰遠人思

送周經歷之廣東神電衛

落落襟懷自不羈客邉相見即相知幾番官舍同談笑千里雲帆遠别離拜命正當初夏日到官應值早秋時年來戎幕應無事對酒投壺日詠詩

贈别經館諸僧

詔集高僧館石閣得陪清論半年餘大官飯設天厨供

法藏丈編貝葉書柳外香來知仗近花陰日轉退朝初
告成又復東西別日送飛雲渺碧虛

題風雨竹

楊柳情懷得似渠望秋先已影蕭疎狂風恠雨從教横
直節貞心只自如昔遇軒轅調六吕曾同毛頴作中書
年來雖是無知已志抱氷霜自有餘

送陶給事德温福建閱武

駟騎南征向七旬海霞紅映錦袍新威行甲胄嚴邉備

節秉旌旗識近臣花柳城池煙外曉桑麻村落雨中春
聖心務在安黎庶父老應知慰遠人

寫竹題贈舉人柯啟暉歸南京卒業 暹

臘盡都城柰別離歲寒人贈歲寒枝忌承雨露應非偶
影拂雲霄自有時耐久懷思交後見出塵標格靜中宜
珊然鳴珮天風響他日相期在鳳池

送陶給事之福建僉事

繡衣榮作外臺臣送別都門遠入閩天上纔承持斧詔

道旁隨有避驄人公庭草緑榕陰午驛路花香荔子春況是皇華舊遊地囙窮應達枉應伸

為項御史題張真人所畫烏臺春曉圖

柏府沈沈春漏長封章書罷動晨光吏聽烏烏知朝候人避青驄在道傍花外炯開金殿迴柳邊風暖繡衣香宦情喜托仙家筆虎踞龍蟠識帝鄉

送上海道會沈練師

一簪華髮羽衣寛世外仙翁亦拜官方朔自應從吏隱

旌陽惟欲濟民安劍橫星斗龍光見佩響天風鶴背寒
回首丹房滄海上弱流東去路瀰漫

送吳中書南京復職 均字仲平

送別都門臘已殘朔風吹雪思漫漫計程中路逢新歲
拜命南京復舊官潮落秦淮江月小帆開揚子海天寬
鳳池諸老應無恙千里憑君一問安

送殷叔賓

聞說黃巖近赤城憐君作宰送君行檄先到縣吏民喜

道便過家閭里榮曉日花明山郭靜秋來禾熟海畬平

郎官百里應星聚好察居民疾苦情

送金先生歸金華

令子秘書居禁闥尊冠尤戀故山薇遠違未免長相憶

纔到那知又欲歸白酒香時禾黍熟黄花開後蟹螯肥

扁舟此去真堪羨風便莫教音信稀

寄題清曰樓

雙眸久厭黄塵擾遥望斯樓便豁然叠嶂四圍横檻外

飛泉一道落簾前人來晚棹歸村市鶴帶晴雲度遠天
聞說主翁能繪事好傳風景客牕懸

送永嘉夏子成服闋還任絳州別駕

別駕喜除前任處依然城郭馬頭看山川重對如歸客
父老遥迎識舊官路入晉疆秋氣早河經淮甸水容寛
絳人南守甘棠在此去謳歌士庶傳

送常士昌之鴈門

匆匆又復上征鞍何日重來敘舊歡去速未能陪奉久

交深惟覺别離難春回上國鶯花早歲暮邉城雨雪寒
兩地相思俱是客好將書札寄平安

送僧歸吳興用楊進士韻

暫將蹤跡寓京畿海鶴江雲處處飛老託孤藤隨作伴
貧收碎帛破成衣吟邉燈影同清夜别後鐘聲隔翠微
愧我浮名苦相伴何緣參謁扣柴扉

元夜玉堂齋宿分韻得星字

元夕正當齋宿夜玉堂春漏隔花聽英才會合那能悟

好句賡酬不暫停萬井笙歌同皓月九逵燈火亂繁星明朝聖主嚴郊祀佇見嘉徵集四靈

送許可久歸錢塘

桑梓舊居存浙水庭幃新構住京華百年寄寓誰非客兩地往還俱是家回首白雲離思杳隨人芳草去程賒料應不久重來此分手暫時休嘆嗟

用韻賦荷花燈

翠芰紅蕖照眼新裝成燈火鬭芳春中庭月色涵秋水

陸地花明隔暗塵歸院曾隨金馬客聞歌疑是若耶人可容一葉來舟去露髮何妨醉脫巾

述懷

到京誰信寡朋親每每歡和卻變嗔俯仰順人那盡意浮沉隨處謾容身樽前強作忘情醉鏡裏俄看老鬢新時夜夢歸江上路臨風高振客衣塵

奉和少師端午日賜宴詩韻時同纂修羣書於

文淵閣下

位列台階五福昌憐才多見進賢良詔編簡冊興文教
宴錫蒲觴被寵光雅量容人皆感德新詩對客即成章
鯫生展拜嗟何晚四海聲名久播芳
功勲尤喜晚年成出語常令四座驚重望固應居國老
謙光尤復禮儒生彤庭宴罷看儀鳳黄閣詩成聽禁鶯
況是太平無事日纂修羣籍盡文明

和陳仲明遊茅山詩 陳善醫自號慧泉

希夷生愛覔仙踪采藥華陽洞口風幽徑草香曾宿麝

古潭雲暖舊藏龍丹成寶鼎鉛花碧録秘琅函印篆紅歸到人間施妙術每令昏瞀豁雙瞳

送僧瑀楚南住靈巖寺分題得披雲臺

古寺香臺客到稀閒雲無伴待師歸霏霏偏解護禪榻片片寧堪補衲衣舒卷因緣那有礙去留無著總忘機講時應有神龍聽化作遥天法雨飛

分題得彭蠡湖送施員外之南康太守

天開一鑑列雲屏相去南康里許程夜静灘聲喧郡郭

日長波影動簷楹聯翩鴈陣驚秋早遠近漁歌起月明
簾捲黃堂吟對處君心應喜共澄清

閒吟

原來非有亦非無萬化流行共一途先要胸中存見識
還須事上着工夫陽回大地和風暖影落千江片月孤
得此見成消息了芳菲隨處可提壺

寄示大兒默 字汝言

年來老境早相尋眼霧昏昏鬢雪侵仕進謀身渾斷念

思歸於汝最關心生涯休厭田園薄樂事無如道義深

安不忘危古今戒尋常行處索沈吟

翰林夜宴分韻得隅字

簪纓列坐總文儒綠蟻浮香瀉玉壺爐裊蘭薰橫鵲尾

簾垂燈影見蝦鬚賡酬但覺詩情好笑語渾忘禮法拘

醉裏不知春漏促梅花殘月轉城隅

梅花燈

綠萼含芳剪綴成小牕寒照一枝橫韶光滿座春先到

疎影當簷月共明開處任教吹玉笛看時難把插陶罌夜深吟賞渾忘倦紙帳高眠夢亦清

送劉秀才日昇歸江西挈家

通籍金閨步玉堂喜同三載近清光每驚得句近陶謝復見揮毫逼晉唐公宴屢分光禄酒客庖長飫大官羊到官好慰妻孥意早謝家山入帝鄉

詠獨鶴

仙骨昂藏難偶俗肯隨雞鶩共紛紜雲霄路杳非無侶

泉石情高自不羣月下一聲來靜夜池邊孤影立斜曛

有時還向空庭舞滿地書成鐵爪文

楮巢為王可貞先生賦紙糊小閣扁曰楮巢

林下蕭然人似鶴剡藤裳密作幽棲高眠可當梅花帳

深掩難容燕子泥牕牖透明雲影薄屋梁生白月痕低

新詩不用裁成卷客到時教就壁題

送金元祺之常州教授

聞君設教吾邦去喜意渾忘就別情當見文風與一郡

定將經術飽諸生杏壇琴靜移花影芹泮吟餘對月明
況有黃堂賢太守公餘應覓鄭康成

送玉林赴會還閩中

道風高邁素知名詔率同袍上玉京梵教宣陽超古昔
聖恩弘濟及幽明祥雲晝集瑶花舞甘露朝凝寶樹榮
法會已周辭鳳闕浮杯南去海波平

挽彭秀才敘古

一疾如何便永違都門秋色慘斜暉鄉人驚報哀音去

老父來收旅櫬歸別夢尚能聯几硯返魂應解訪庭闈
至今館下多殘翰每見令人淚滿衣

壽王吉士雙親

階下芝蘭綵服鮮堂前旬浹重開筵尊翁壽旦中秋
後阿母生朝九月前椿樹倚雲涼氣好萱花迎日曉光
妍賢郎近住瀛洲上眷屬應知總是仙

分翠軒爲宏道賦　翟宏道任寧府教授

隣舍屋頭多種竹知君庭下不須移月斜送影來虛牖

雨後行邉過短籬一榻清風難獨賞兩家幽致共相宜

余今亦有王猷癖直造寧論主者誰

新居

近構行窩殊可愛短籬蓬屋小牕紗休言暫住非真宅

偶得安居即是家雨過近移官寺竹春來惟欠故園花

落成不待賓朋賀新水銅瓶自煮茶

送王知州復任

政績喜聞居上考宦情添得鬢毛斑一樽又向江頭別

五馬重看海外還瘴霧未收天欲雨飈風初起浪如山休言南徼王畿遠文教于今被百蠻

送卓民逸歸浙東迎養

每愧空林反哺鴉庭闈追遞日西斜暫歸鄉里翻如客久住京華即是家珍味可嘗光禄饌忘憂還種北宫花安輿催上休遲滯書法須君考繆差

和韻贈徐子明

忘形不覺往來頻況復情懷久更真稍與遲留常抵暮

縱無酣飲自生春樓前夜色千門月簾外風光九陌塵滿眼長安名利客如君蕭洒是何人

雨夜宿實上人山房因題于竹石圖

竹窻清夜聽風雨蒲坐同僧對一燈自笑身形癯似鶴誰知心事冷如氷茅菴近漏牽蘿補茶鼎將枯汲澗增明日天晴過湖去雲山烟樹繞平陵

梁不移先生以詩示其子修撰用次其韻二子溍混

渺渺白雲天一隅賢郎瞻望久離居宦遊雖念道途遠

親老肯教音問踈椿桂同芳多雨露芝蘭交映繞階除緘題新句來京國應向晴牕手自書

居處高閒體自安襟懷誰得似君寛隣家酒熟邀春社釣艇魚來共曉飡草色池塘看細雨杏花簾幙動輕寒賢郎近得緘題至對客時時一展看

楮窩

玉堂詞客行窩好繞榻渾將繭紙糊皓采透明真月窟紅塵點壁擬氷壺最宜就壁題篇什不必圍屏寫畫圖

賔退隨教掩牕户春時惟恐燕泥汙

挽楊諭德尊翁

世難一生多索寞惟將古道樂丘園家庭不獨稱純孝盜賊尤能感片言三逕草荒非夢蝶孤墳松老慘啼猿只今有子逢昭代光顯應知慰九泉

長蘆道中晚眺聞明日駕至德州

漠漠長隄起暮烟烟深茅屋數家連燈前人賣當壚酒月下牛牽上水船官柳蕭條霜落後鄉山迢遞鴈歸先

明朝應候鑾輿近五色龍光動九天

德州早行遇雨

陸路南來第一程曉煙寒樹廣川城僕夫隱隱隨車遠官騎蕭蕭冒雨行野店杯盤多旅況客途風物總詩情馳驅不覺天將晚喜見慇勤驛吏迎

挽盛進士行

姓字登科病已纏怱聞長逝更增憐恩榮纔製新袍笏志業空遺舊簡編丹旐西風秋色裏白楊孤塚暮雲邊

為言堂上休悲戚恐逐修文在九泉

靜趣軒為顧德潤題

竹樹陰森映短墻蕭然絶俗似僧房出城相去路三里
閉户獨眠書半牀風暖林花飄几席雨晴沙鳥入池塘
慚余擾擾紅塵客到此尤能百慮忘

哭亡兄

十年遊宦滯京畿幾度緘題問我歸骨肉本期常會合
音容誰料永分違風飄花蕚鶺鴒聲切雨暗關河雁影稀

聞說今朝臨埜日淚痕空滿客追衣

五月一日欽蒙賜扇上有古人嘉言皆當今名翰

伏讀之餘喜而賦此

新扇初頒拜寵光格言名翰玉成行一時暑氣都驅却

四海仁風得奉揚皓采照人如月樣微涼拂鬢有天香

菲材自愧渾無補喜覲南薰物阜康

和吳中書閣老韻 均

班列鵷鸞肅羽儀恩頒新扇曉光熹纔臨北闕瞻天拜

便覺南薰遍地吹在手敢忘君父德省心常佩聖賢慈
鳳池閣老能詩客有倡佳章紀盛時

題江雨軒爲耦武孟作諱桓

江上軒居晴固好雨中風致更相宜秋聲滿屋隱書几
爽氣一簾傾酒巵渺渺沙汀飛鷺下冥冥雲浪去帆遲
諸孫涼夜觀燈火絕勝旅篷愁聽時

遊神樂觀期耦君武孟不至明日耦君有詩見寄
遂用韻答之

退直乘閒暫出城岧嶤仙觀壯神京壇邊人擁青鸞帚
花外誰調彩鳳笙齋殿風徽香馥郁醴泉雲冷鑑澄清
題詩無限登臨興獨欠君來未暢情

代作送大學士黃靜菴先生拜封歸永嘉

賢郎祿養正宜留底用匆匆買去舟世澤共推家學在
榮封重沐聖恩優一帆煙水離京口兩岸雲山過越州
遥想到家秋正好親朋詩酒樂林丘

送石憲使中美之四川

持斧遠臨西蜀去繡衣榮作外臺臣威行一道霜風肅
恩被重霄雨露新劒閣山川當歲晚錦城花柳待陽春
馳驅好叱王尊馭聖主深懷在遠人

別蓬菴

染翰年年直禁闈此身生計未應微慣聽風雨蓬爲屋
小鑿池塘竹映扉在客亦知聊暫泊出門那忍遽相違
山靈不用移文誚風味依然一布衣

扈從出京

二月陽和駕北巡兩京佳氣靄晴旻華夷共仰乾坤大
草木均霑雨露春仗簇五雲常奉日兵嚴萬騎不驚塵
菲才自愧渾無賴載筆叨榮列從臣

二月九日瞻望大駕渡江作

風送龍舟正落潮山形盤踞鬱岧嶤帝圖久已超三代
王氣何曾數六朝檣櫓中流江路迥旌旗夾岸海天遥
只今萬國歌遊豫不獨康衢稚子謡

夜次淮安西關

獨客微吟夜不眠官船初換宿淮堧煙深燈火津橋市月下帆檣孤客船千里河流長不息兩城更鼓互相傳含情未得詢陳迹韓信祠荒草滿阡

曉入清河舟中眺望

風帆曉入清河口野岸晴飛白鳥羣水入淮流千里合路通齊地一支分馳心輦下常看日回首江東已隔雲試問縣樓應不遠夜來更鼓月中聞

江行得便風快甚民望索詩遂賦

舟泛長江一葦輕棹歌齊發浪花生纔看帆腹添風力
便覺船頭響㶁聲涉遠底須登陸路憑虛真欲上蒼溟
題詩為報偕行客同是鵾鵬十萬程

寄京師諸友

法駕時巡出紫宸從行猶及布衣臣驅馳不報離情遠
感激惟知寵渥新鄉信到時應歲晚征途隨處逐陽春
兩京宮闕遥相望雲樹沉沉入夢頻

登劍閣臺望京華作

一上高臺首重回五雲何處是蓬萊帆隨鴈影天邊去
人共春光日下來淮甸煙銷平似掌河流氷泮碧於苔
翠華行幸應非遠佳氣氤氳繞上台

寄同舍余彥行鄉友

髫年交誼在鄉閭老大京華共客居分手又經千里遠
對牀空憶兩年餘春風禁苑鶯聲早暮雨關河鴈影踈
聚散人生那可料平安須用託緘書

夜泊徐州

樓船今夜宿彭城楚漢當時此戰爭帝業定知歸有道兵家尤忌出無名廢興舊跡餘山色今古流年逐水聲感慨獨吟眠未得忍看孤月照人明

（印章）

王舍人詩集卷四

王舍人詩集卷五

明 王紱 撰

五言絶句

静夜

夜久篆煙凝欲眠方掩扃梧桐牕外月慳到枕邊屏

芭蕉

嫩緑開如扇不禁風雨秋都來渾幾葉作出許多愁

種菊

根宜宿土隨疎列可分移只恐人輕觸先教護短籬

灌菊

灌時須趂曉日出露將晞栽後無多日苗添幾葉肥

催菊

種爾酬佳節節過開尚遲縱令遲更好爭似莫愆期

探菊

無日不相訪殷勤直到開一從栽種後籬落幾徘徊

刪菊

秋來菊蕟畦青葉著枝時葉少花方好渾消三兩枝

折菊

秋香開幾叢宛見晉人風折向東屛笑樽中酒可空

移菊

籬下開雖好盆中看亦宜金錢盈屋裏寧敢富翁欺

翫菊

籬畔醉黄花巾帔一幅紗濁醪還自釀何必向隣賖

餐菊

秋菊可飡服落英多晚香不知騷賦後才思有誰強

對菊

濁酒幾番醉黄花千古秋酒香花正好不必謾生愁

題鄒園十詠

容春閣

一醉更無事四時長有花誰知春去盡却獨在君家

水石軒

人生貴自適於焉樂所寓開軒水石間無限湖山趣

涵翠亭

亭前竹色好亭下池水寛平波浸寒影古鏡飛青鸞

秀石

米老拜爲丈我復結爲友堅貞太古心天地同不朽

方池

齋前鑿方池聊以供滌硯雲影與天光波靜時時見

桂屏

疑是廣寒物金翠何燦燦香風四面圍經宿猶不散

柏屏

香葉多盤結銅柯巧屈蟠蒼龍倚簷外翠壁聳高寒

木香架

柔條架低屋紫心開玉團摘花釀芳醑清香入肺肝

黄楊

結蓋多川産盤根盛吳中清風記賦筆允矣歐陽公

蒲石

愛此九節蒲托根一拳石晴牕風日妍相看眼逾碧

題斗方山水

雨過亂泉流風聲滿樹頭山齋如斗大容得許多秋

題山水

路緣清澗轉門對白雲閒每每看圖畫令人憶故山

松溪書房

一榻半書卷主翁如此清松風與溪水夜夜作秋聲

題畫

繁露隕黄葉西風起白蘋一聲新鴈過驚却未歸人

晚節

不獨宜烟雨尤能傲雪霜隆冬殘臘裏相伴野梅芳

湘潭曉雲

點點落林花寥寥弄山鳥何處一聲鐘雲峰萬重曉

題畫和俞嘉言韻

小逕没芳草衡門掩落花身閒常懶出不是薄韶華

又

向晚雨初過南湖水氣涼隔簾有荷芰不必更焚香

又

新開竹下扉地僻往來稀鄰曲東西巷牛羊晚自歸

又

羣峰面面開幾處玉樓臺今夜望溪口有人乘興來

題扇上枯木幽石圖

露彩莓苔碧天香桂子丹多應廣寒夜流影落人間

篷蓬庵以篷蓬霞故名

織葦代陶瓦破竹編籬笆顧非城郭宜自是山人家

著存 歲時享先於此

祿養既莫逮何由展誠愛隨寓供蒸嘗庶或吾親在

墨君別館 賓客以僕好寫竹多見徵時時揮灑其中蓋用坡翁墨君堂記語也

湖州有君堂東坡有君館我亦常致君硯池墨花滿

清風林 館前種竹數竿森然成林

種竹風滿林風清塵自遠芳樽聊獨持非敢慕嵇阮

洗心池 林下鑿小池甚清澈

寓目尋尺小適意湖海深豈惟適我意將以滌我心

活水源 池之上流也

池水清不竭正爾源頭活未放入江湖恐成煙浪濶

聽風雨 在林池之側以為賓客宿止之地

蕭騷復蕭瑟非筑仍非琴天籟本無作澹然千古音

雲窩 爨室也

饋氣初鬱勃炊煙復氤氳室中久無婦莫訝陽臺雲

藏暉閣 寢室頗奧因穴其上用蠡甲牕覆之光景尤甚

奥室乃環堵牕户何由施一尾覆蠡甲天光常下垂

米家船藏先世所遺法書名畫

旅泊無常物滿載惟書畫聊應隨處娛未許人撐借

思報月支廩祿及時有賜賚之物用之有餘輙藏於此

一飯尚云報況此登金門縷衣與粒食要識皆君恩

玉笥晴雲

聚散不可常飄飄任舒卷山人去莫留影逐孤帆遠

清江碧嶂

清江皎如練列嶂開新晴一段好風景翻成客路情

豐城劒氣

牛斗有佳氣分明見龍光張華固能識神物終難藏

鐵柱寒波

金鐵有斷制角木終見降旌陽利物意千載安茲邦

五老雲屏

匡廬削芙蓉九疊雲屏翠五老惜離人目送斜陽外

九華仙掌

羣峰列如掌傳聞是九華仙人不可見千古閟煙霞

牛渚秋清

牛渚古磯頭謫仙曾醉遊白鷗殘照裏點破一江秋

鳳臺春色

臺上鳳凰鳴朝陽樹色明停舟一登眺春意滿都城

題竹寄浦嬾翁

君家溪水上種竹遶幽棲雨後翠陰合鈎簾聽鳥啼

晚節喜長存陽坡大托根年年春雨後生子又生孫

風雨溪居

宿雲暗溪樹新漲没莎渚幽人正酣眠茅屋聞風雨

題畫雙魚

雨晴春色暮花落水初深好共潛游去人多結網心

七言絶句

畫馬

萬疋羣中久已空幾番嘶向落花風孫陽去後無知己

淪落鹽車阪道中

寫秋林高士圖并題

我昔山中日日閒不因臨水即登山而今役役風塵裏此趣猶存點染閒

塞上雜詠用偶武孟韻　諱桓號訥菴婁江人所著有江雨軒集

漫天風雪掩穹廬客裏誰來問起居忽報鄉人喜新到寄來猶是隔年書

地上苦寒非故鄉天明屋底滿衾霜起來欲把吟鬚撚凍斷渾無一寸長

部伍臨邊盡結鄰土廬低小僅容身古來沙漠單于地
肯信于今盡漢人
相逢休嘆出無車行伍何由得自如獵騎歸來風雪冷
高情不似灞橋書
年來歲月逐征鞍朔漠風高鬢雪寒空憶故鄉歸未得
家山常在夢中看
人迴聊寄塞邊音筆下那能盡此心為報一家眠食好
槖中銷盡帶來金

題木香五色鳥

彩翮翩翩五色齊惜春猶解惜毛衣恐歴花底藏金彈欵下枝頭又欲飛

題海榴鶺鴒鳥

曾隨阿母作青衣人世於今幾變移仙駕不來雲路杳海榴枝上立多時

題桂花士女

沉沉涼夜玉階空獨立含情小苑東明月未來人已倦

薄羅香透木屏風

喜家兄以中自滇南歸

每歎飄零若轉蓬歸來復喜雨情濃翻思在昔遥相憶山水幾重雲幾重

寫墨竹遺人

滿几秋陰落硯池漫塗煙雨墨淋漓不工形似難持獻一種閒情許自知

古木竹石

蒼蒼寒色未知春野石荒苔古澗濱一段閒情誰可共
相知殊是寂寥人

桃源圖

碧嶂排空隔世塵幾家雞犬自相親種桃底事臨溪水
惹得漁郎來問津

竹

舟子歌殘月欲低一枝蒼翠鳳毛齊幾番風雨打蓬葉
夢入楚雲湘水西

題畫贈劉廵檢

柳暗花深犬不驚雨晴村巷綠苔生縣中近日無廵警

挾彈來聽樹底鶯

題士女戲嬰圖

新剪春衫白苧輕宜男花放午風晴兒癡未肯離懷抱

却憶當時弄化生

送友

路極天涯未忍分一重山外一重雲人生自古多離別

江海飄零豈獨君

寫古松圖寄澄江教諭蔡廣文允昇三衢人

長空雲氣護奇材鱗滿霜皮蝕古苔只恐化龍天上去

清陰不復覆書臺

題靜照軒

門掩閒庭草色新簞瓢窮巷不知貧東風一夜消殘雪

花柳眼前隨處春

窄窄軒居傍水開北窻涼細夢初回南湖新漲雨聲斷

荷芰飀風香自來

涼雨初收爽氣生竹牕燈火讀書聲夜深掩卷忘言坐
明月滿天風露清

尋常客不到山家松火寒鑪自煮茶風雪閉門纔十日
不知春已到梅花

送僧師古菴住惠山并寫竹枝以贈真性海徒弟二人懷師古菴懷祖韶石

泉聲山色古今同師去尤能繼若翁臨別自慚無可贈

一枝聊為助清風

寄鄉人

浪將蹤跡寄京華深負秋香一逕花欲托歸心向潮水朝朝暮暮過君家

讀齊威王烹阿大夫事有感

齊國能強理若何因封即墨與烹阿唐虞舉措無過此天下那消賞罰多

花上白頭翁

欲訴芳心未肯休不知春色去難留東君亦是無情物
莫向花間怨白頭

峽中雜詠

兩岸青山夾去程一江秋水片帆輕尋常對畫曾看此
今日分明畫裏行

峭壁一重還一重江流曲折亂山中船頭直望路疑斷
纔到轉灣路又通

平生頗得江山趣肯信江山亦有情自我客行千里遠

船頭無日不相迎

怒浪捲花灘上灘一重山掩一重山無端入峽添狂態

日日題詩未肯閒

崦裏山高多晝陰未昏烟景暗秋林停舟晚飯舵樓底

猶有夕陽明遠岑

峽裏江山總絕奇推篷不厭去帆遲重來恐忘經行處

一處經行一處詩

險固山河幾戰爭陣圖猶自列分明至今江水抱遺恨

嗚咽古今無限情

石轉狂湍吼怒聲客懷清夜夢魂驚篙師著力挽舟上
挾向湍流平處行

蜀道古稱多險艱我來觀水復觀山誰知富貴天然設
身在玉屏金幛間

墨蒲萄

馬乳纍纍滿架秋晚涼曾剪薦新蒭幾番月上人歸院
珠帳高懸夜不收

雙梧草堂圖

花落鶯啼春復深雙梧交映晝沉沉煩君為掃庭前石待我歸來看緑陰

滄浪濯足圖

入郭歸來欲暮天數峰殘照半溪煙悠然濯足滄浪上怕帶黄塵上釣船

為江陰趙以清題捕魚圖河

浪痕日日到門前供具時時喜斫鮮記得尋君秋色裏

鄰家多是捕魚船

山水秋景

溪水涵秋鶴影孤草堂雲冷樹模糊相逢未遂還山約空復年來喜畫圖

夜坐

書館蕭條聞夜風閑門孤坐誰與同惟憐有子燈前讀忘却情懷是客中

寫家山圖寄翰林錢仲益先生

年來三徑已荒蕪漫把歸心寫畫圖落落書聲深竹裏相過曾記獘廬無

全古圖

物物生成本自然試看天地太初前到頭珍重無殘缺絶勝殷勤更去全

甲申元日偶成

屠蘇煖就與誰傾幼子客邉聊慰情絶勝年時逢此日看人兒女拜新正

挽廖檢討先生 敬先吉水人

不意徵痾便殞身詞垣那得更相親朝參舊有金門籍
點檢而今減一人

玉署編書未及完珮聲無復上金鑾可憐殘葉留遺篋
掩卷令人不忍看

丹旐翩翩引夕暉楚江西上片帆飛賜金未及娛親舊
不料家山沒後歸

太史文章表墓阡羣公哀挽集成篇人生百歲誰無死

似此尤堪慰九泉

題十長史山水圖

蹤跡年來逐轉蓬宦情鄉思與君同至今尚憶閒邊趣十里深山一短筇

長占煙波卷野水孤篷伴此生釣絲風颺鬢絲輕世間甲子渾忘却潮落潮生幾月明

浙水滔滔春復秋長年蹤跡寄扁舟五湖風景誰爭得

千古應須付白鷗

寫竹寫梅軒

葉葉風生鳳羽輕冰霜不改歳寒情憑君試向軒中看

比並梅花若箇清

水山圖

年來書劒客長安塵滿青袍鬢雪寒回首故園歸未得

好山多在畫中看

又

十年騎馬走西東兩鬢秋霜落鏡中安得拂衣尋舊隱草棲高處聽松風

又

生平野性愛林泉别却林泉已十年肯信而今圖畫裏有林泉處即欣然

題竹贈潘晦初

燈下歌狂酒半醺興來為爾寫秋雲故人湖海如相問骨立蕭然似此君

送松溪宰

懸除百里應星辰匹馬蕭蕭遠入閩遥想到官花滿縣煖風鶯燕萬家春

題荆州劉給事子偉贈行卷

客裏逢君話舊遊醉中曾上仲宣樓君家正近樓前住風送江聲日夜流

荆州雄據大江濱不到于今二十春邂逅看君贈行卷眼中無幾昔年人

君本荆南閥閲家偶同遊宦客京華公餘莫厭頻相過

小閣焚香自煮茶

急難曾送鶺鴒詩相見如何又别離要把平安早歸報

雙親閭巷立多時

兄弟和同百歲心肯辭千里遠來尋到家親舊應相問

只説君恩海樣深

中秋卧病

今夜中秋月自圓病軀誰復對嬋娟清光深有憐人意

轉入斜牕落枕邊

戲賀俞行之納寵兼簡同舍謝郭二秀才發一笑

粲行之名用號五松山人江右人

歡娛良夜晝更長惱殺多情同舍郎枕冷衾寒眠未得

春風只隔一重墻

金猊香冷酒微醒銀燭光殘月正明今夜情懷非別夜

有人低語喚卿卿

新花枝勝舊花枝從此無心念別離肯信秦淮今夜月

有人相對數歸期

題樂靜軒

前溪冰泮緑生波好雨催花向曉過宿酒未醒眠未起半牕紅日鳥聲多

竹几籐牀小硯屏薫風簾幕篆爐青閒齋幾日黄梅雨添得芭蕉緑滿庭

秋聲早已到梧桐露氣生涼湛碧空獨倚闌干待明月紫簫吹徹木犀風

斗帳藏春日醉眠靜中惟與嬾相便尋常甲子無心記看到梅花又一年

寫竹於慈節堂卷

錢唐張母守節教子咸遂厥志有題其堂曰慈節一時文士多稱道焉其子輅持卷示予遂寫墨君以況慈節之貞守復賦小詩以期厥後之昌大云

堂前慈竹翠婆娑堂上慈親鬢已皤歷盡氷霜當雨露

諸緣應見錦綳多

謝呉中寄惠佳茗 均字平仲

紙裏重重想自封槍旗葉葉帶春風誰言兩地人千里

清味嘗來總自同

寄畫題寄偶武孟先生 桓婁江人

君在南京我北京江雲塞樹總關情別來幾度相思夜

孤館青燈聽雨聲

寫竹贈李大理汝成

汝成大理嘗徵寫墨君僕憒憒中久不能酬遂総十年矣適邂逅北京而大理又丁內艱南歸來別遂寫以償宿負并賦詩以述悲感之情云

憶昔曾同客帝畿十年遊宦子先歸可憐慈母堂前竹
無復清陰映綵衣

為劉孟功寫雙竹

四月二十五日過竹深先生齋居因留予同飯二子鋼鑑侍側王如也酒酣遂寫墨君為先生

壽復賦詩以嘉二子云

筍已成竿照眼青兩郎深慰若翁情誰言王謝階庭下玉樹芝蘭獨擅名

為鄉人寫碧梧翠竹

舊栽梧竹映吾廬一别於今十載餘清夜幾番歸夢裏緑陰池館雨蕭踈

寫竹寄俞朝宗先生

與君一别十年餘每見人來問起居盡説丰神清似竹

霜明鬢髮影蹤跡

寫竹寄匡世德先生 匡公善音律故以為言

別來無物寄相思千里聊將玉一枝老去風流仍復在製成簫管月中吹

寫竹

琅玕節節粉痕香翡翠毿毿鳳尾長退直玉堂新月上一簾風露晚生涼

霓旌翠葆瑞烟浮禁籞深嚴近素秋如此一枝何處見

月明涼影鳳池頭
鳳鳳池上影蒼蒼退直歸來月到窻見説立秋才兩日
不知風露已生涼
為滎陽宰沈彦初寫竹
宜風宜雨又宜煙一度相看一灑然有此信知人不俗
絶勝栽柳向門前
吏散庭空罷曉衙湘簾深映翠交加清風一榻琴三弄
笑却河陽滿院花

寫竹送袁文理之官湘陰

一官千里去江南寫贈琅玕酒半酣彷彿蒼龍挾飛雨散將春意滿湘潭

寫竹送張文惠歸梁溪

退直歸來腕已勞因君燈下又揮毫持歸好向人間說拾得池頭綵鳳毛

寫池於沈誠甫來青樓壁號存耕

瀟湘江上幾千竿雨雨風風翠欲寒惟此一枝深有意

影隨明月過林端

寫竹題寄華叔端恪號賓暘

我昔尋君叩竹扉醉中曾寫竹間詩别來幾度空相憶
多在青燈聽雨時

不到君家已十霜種來脩竹倚雲長月明滿地蕭蕭影
想見幽人詠晚涼

題枯木竹石寄馬桓仲孝常子也

每憶君家溪水湄排簷竹樹翠生煙好教預掃林間石

待我重來一醉眠

題枯木竹石寄李公實

罨畫溪邉水栢隄繞隄高樹倚雲齊君家正在樹深處滿地緑陰山鳥啼

題任月山瘦馬圖

千里追風一日還年來老瘦骨如山多情畫史勞傳寫不在驪黄牝牡間

題鴈

纔見南飛又北飛飛來飛去不相違慚余壯歲遊江海頭白而今未得歸

聲滿衡陽月未明相呼相喚總關情人當客夜孤眠處聽此能無憶弟兄

聯翩飛處影橫斜瞑色和烟暗荻花遠水微茫秋萬頃不妨隨意宿平沙

虞人何用網羅謀萬里高飛且自由肯學雞凫飽禾黍一汀菰米楚天秋

題畫

尋源無復見人家兩岸青山帶晚霞莫把扁舟更深入春流隨處有飛花

汀洲潮落雨初晴獨坐蘭舟酒半醒欲采芙蓉過江去迢迢秋水數峰青

送大學士黄靜菴先生拜封歸永嘉

幢幢車蓋出都門宴别江亭日未曛歸會耆英風致好舉杯花下説君恩

綸音褒美拜恩歸父子同榮世所稀不但到家人共喜
舊時泉石總生輝

蕭蕭華髮被恩榮聖主于今重老成只恐東山眠未得
蒲輪非久又相迎

題畫送王服周宰廣濟 晁

百里郎官應列星此行須用恤民情畫圖寫贈非無意
山要增高水要深

題畫

碧落雲開灝氣清滿山秋籟晚凉生趣多翻笑詩難穩不覺吟哦到月明

題枯木白頭公鳥

落日西風秋滿林雙飛雙宿轉情深茂陵若使相如見何待文君指下吟

題畫

落日西山宿雨收高林黃葉晚瀟颼無端驚起沙邉鳥點破清江一段秋

小喬觀書

雲髻新粧珠翠團杏花零落曉風寒每憐春事傷心處
偷把周郎曲譜看

送朱生回

鴈落煙汀遠樹微扁舟江上送君歸到家正好新醪熟
應向堂前戲綵衣

題竹石

石邉蕭索倚清寒曉色開晴露未乾宿酒半醒初睡

起一林蒼翠捲簾看

孫康映雪

金幢淺斟藏有餘光陰誰解惜居諸家貧每慕孫夫子雪照山牕夜讀書

山水

亭上相逢興趣幽松聲林影一天秋瑶琴彈罷斜光晚山自崖䖍水自流

題馬

黑河芳草接平沙不見龍媒産渥洼萬馬羣中有良驥
莫令長坂困鹽車

王止中先生來視其甥庶子黄君既而還永嘉因
送之

高隱丘園雪滿顱何由巾屨到皇都要將眼見賢甥貴
宅相當年信不誣

春氷初泮水微茫千里家山一葉航隨處遲留即行樂
計程燈夕過錢塘

到家尤喜及花時想共隣翁對酒卮醉後定知無雜語繁華應只說京師

寫竹石喬柯圖寄楚南書記

昔東坡居士為佛印别久遂作石子之供禪林永為佳話今僕為楚南師寫喬柯竹石以寓别懷不知是同是異楚南見之能為我一轉語否耶呵呵

别來無處覓嚴扉城闕應知到亦稀月冷空山禪寂夜

石龕林影一燈微

松泉師携至日南所作三香圖訪余翰林命加松竹𠝹於其間盖將以物情之同者為一致耶抑亦心源之同者為一道耶因命題遂賦如石

氷雪生香飄翠襟歲寒同結弟兄心誰知落落蒼髯叟尤與此君交誼深

寫竹送張思安僉憲陜西

雪滿關山路不分繡衣驄馬出都門此君豈獨風霜操

到處應推雨露恩

送宏上人住保寧寺

歸去家山續祖燈飄然别我下蘭陵遥知後夜空江上月照孤篷坐一僧

寒夜祖上人過寓所上人字韻石德松菴僧

年來多病骨稜層客舍蕭然冷似氷自笑誰能相慰問燈前今夕有鄉僧

題看山樓

憶別林泉惜未還故人邀坐小樓閒抗塵走俗愁無那
一見青山亦解顏

挽筠澗解先生開先長子倫字大經次子縉字大紳同登洪武戊辰科進士第

排難應須讓魯連邦家民物總安全至今父老思遺德
每對諸孫話昔年
曾承明詔就安車辭謝天顏返故廬已有諸郎膺寵渥
閒情因得伴樵漁
箕裘相繼有遺經不獨家庭桂子榮江右年來登進士

蜚英多是舊門生

哲士云亡道未亡林端阡表起虹光鑑湖東畔文江曲
過客應多式路傍

折楊柳枝

每爲多情記别離道傍披拂亂如絲東風也學時人態
偏向柔條恣意吹

題畫

僕向居龍山時爲朱希顔寫此幅今幾二十年

矣白首無成盛年難再為之撫卷長慨復題小
詩於上云

憶昔與君皆少年山牕曾為寫蒼烟而今相見頭俱白
看畫題詩一愴然

又題畫

我昔草堂雲澗深與君相近日相尋别來猿鶴今何似
月色松聲夜夜心

寫竹贈友人

雨過南坡翠蘚深幾竿蒼玉弄春陰當年新種纔生笋聞說而今已成林

題畫

塵容俗狀日驅馳猿鶴閒情久别離今日無端看圖畫從前重憶故山時

千巖萬壑鎖煙霞任處如何衹一家溪水未應渾斷可容移棹覓桃花

題菩提葉上畫山水

柹葉收來如紙薄筆端重遍舊曾聞畫圖如此尤奇絶
雅製多應鄭廣文
五湖煙水一扁舟來往忘機共白鷗得興何須好東絹
漫將霜葉寫清秋

題翎毛畫

草色煙光染翠衣暖風晴日一雙飛幾番啼向山牕外
清夢初回曙色微
穀粟散遺錦羽斑中心多競貌安閒少年不惜千金重

勝負惟憑一鬬閒

平田漠漠雨晴時每報農家布穀遲性拙自甘叢薄下從教别鳥立高枝

原野蕭蕭落木秋芃芃禾黍滿西疇微軀不識南濵遠逢蘿飛鳴且自由

元日朝回為陳秀才寫竹因題

丹闕鳳來初日上九苞文彩動天顔池頭捉筆隨摹寫只得雲霄仿佛閒

種竹

喜得栽時及早春宿泥獨帶鮮痕新擔頭挑取來城市一路清風掃俗塵

昨夜春雷始發聲翠鞭應有玉芽生老夫自笑衰年近尚欲階庭看錦绷

節間尚帶粉痕香玉立亭亭鳳尾長最喜客來吟嘯處茶煙飛度翠陰涼

節操堅貞耐歲寒客牕相對結清歡夜深風起珊然響

猶復扶踈入夢看

翠影生陰雨露新泠泠如玉淨無塵衡門自此休敎閑

空取清狂直造人

密葉初抽鳳尾齊紛紛蒼雪點春泥遥知客到應非俗

好句無妨節上題

種竹月餘稍覺憔悴恐有不安意用前韻慰之

東風無處不陽春小草皆承雨露新底事獨含憔悴色

多應不樂近囂塵

不作風聲即雨聲客窻蕭索可憐生憑君切莫懷鄉土
隨處何妨弄錦䙰
春泥過雨落花香根下行鞭想漸長正好崢嶸露頭角
休教俗眼笑淒涼
欲持杯酒慰清寒作底含愁不盡懽當領主翁珍重意
特回青眼為君看
滿城桃李鬬芳新車馬春風紫陌塵君獨胡為存苦節
飢吁休學採薇人

揚州騎鶴理難齊雨後來看雨屐泥相慰固慚無別物

新詩千首為君題

贈余生同倫字日明

憶我當時別故丘若翁携汝送行舟而今十載重相見

子正青年我白頭

寫竹寄王仲淵

幾度相思目斷雲鄉心無那惜離羣殷勤寄語諸親舊

衰貌年來似此君

四時絶句寄題皆山軒

燕飛簾幕日初長面面青山出短墻昨夜春歸風雨送滿渠流水落花香

嵐光飛翠入簾櫳枕簟生涼暑氣清公退日斜新浴罷坐看峯影過州城

屋外青山畫不如屋頭高樹影扶踈晚來賓退軒窻靜一榻秋聲夜讀書

雪飛林壑曉初晴坐對琅玕眼倍明却憶夜來清夢裏

滿堂鸞鶴上瑶京

為家兄以中寫歸樂圖并賦詩以寄

半生行役走風塵年來還家樂更真遥想歲時歡聚處可能相念未歸人

寄鄉中諸親舊

幾番相憶强悲歌久客京華奈老何莫怪年來倍惆悵白頭親舊已無多

寫竹寄趙叔平

君家脩竹繞軒居一别而今十載餘聞說錦䙰新意好歸時根本恐蕭疎

憶亡妻

悼亡又是十年餘男已成婚女已歸翻覺而今悲更切客中穿盡舊縫衣

次韻張真人所畫瀟湘意

翠竹蒼煙兩岸秋扁舟曾憶度湘流偶來琳館看圖畫彷彿推篷宿雨收

蒼龍掩雨響蕭索墨沼風生起翠濤想見仙翁揮洒罷洞庭空濶楚山高

題明皇聽貴妃弄笛圖

笛弄霓裳月正秋三郎側耳復凝眸當年聽諫如聽曲車駕應無幸蜀憂

王舍人詩集卷五

附録

王孟端小傳

孟端諱紱常之無錫人自少志氣高逸讀書工古歌詩嘗北遊江淮浮黃河踰太行出鴈門往來晉代之間周覽形勝輒感慨弔古徘徊不能去一時聞人慕其名爭延致之及覿其氣貌瓌岸議論踔厲益加器重久之不歸江南隱居九龍山中詠左太冲詩曰何必絲與竹山水有清音若將有終焉之志自號曰九龍山人永樂中有

以能書薦者徵入翰林擢爲中書舍人嘗自以蒙上厚恩拔自山澤與羣賢並仕職任書札愧不能報稱慨然曰書必如古人庶可名世傳後報萬分一於是知孟端非徒隱者固將有以見諸世也尤工畫山水竹石每酒酣對賓客著黄冠服意氣傲然伸紙攘袂揮洒奇怪跌宕不可名狀畫已係吟五字詩蕭然有風人之致然不可意者雖豪貴不肯與或就之至閉門不納人問之曰丈夫在所處輕者苟且如此重者將何以處士益以此高之

平居急朋友好賓客不計家有無然是是非非不苟隨俗俯仰雖見嫉惡不顧丙申春正月卧病北京寓舍朋友日問致醫藥疾革語所知者曰生死如夜旦所貴此心不昧耳奄然而逝年五十有五君子惜之　錢唐王洪曰始予遊四方聞江湖間稱孟端名籍甚及識孟端觀其為人乃知得此聲豈虛哉孟端以布衣薄遊無所遇晚以能薦遂登青雲顯名侍從間可謂遭逢其時至負其藝能非其人不與跡其志殆不可以勢利動哉世多

稱其才安知其中有卓然者吾是以為之傳焉永樂十
四年春二月二十五日翰林脩撰王洪著

故中書舍人孟端王公行狀

公諱紱字孟端世居常州無錫縣某里祖某父某皆隱居
不仕樂善好義歴世相承而厥後克昌焉公生而貌歧
嶷性敏慧甫髫齔矩度若老成人出言中節恂恂有禮
十歲能屬詩早喪母夫人貝氏哀毀幾滅性及成人充
縣庠弟子員尋以事免歸乃偃息九龍山中味泉石以

為樂嘗偕其大夫士三五輩或臨流或登高意氣雋邁襟懷蕭爽故自號九龍山人尤嗜繪畫不由師授而卓絕過人遊覽之頃每遇長廊素壁索酒引滿數觴縱橫揮洒若不經意至則層巒疊嶂煙雲浩渺不可測其端倪或輒題其上至百千言咸若宿所構者自是聲譽益重而求之者益繁甚有挾金帛而購其片楮者公則拂袖而興未嘗少顧焉其或山林之士盡一揖之誠卒與之無靳色洪武戊午徵天下罷閑弟子員登其能者仍授以

官公亦與焉未幾以事累謫戍山西朔州公雖在戎旅間布衣韋帶意氣自若內無揺奪之心外無沮餒之色不自知其爲謫戍也主守者知其情亦加優禮無何藉其養子以代之既而歸鄉里隱居教授孜孜訓誨子弟率多賓興永樂初聖天子務隆養賢之道詔求天下文章之士洎善書者各二十八人登文淵閣以被選一時執政大臣首以薦公繼至者彬彬焉十年三月甲子拜中書舍人明年大駕廵狩北京命所司遴選英髦之士

以備扈從時公在選列合同行者十有二人簪纓黼黻前後相望賡歌宴賞悉皆俊乂進退起居光賁寵極噫可謂榮矣今年春以病卒於官舍實二月初六日也嗚乎痛哉其在病革朋友咸相視而泣顧謂公曰子脫有不幸當以身後事囑我公曰余平生無愧俱無可言者但忠君之事未盡實天地間罪人也復何言為語畢而絕

公生於壬寅五月某日享年五十有五娶趙氏早卒子男二人長曰默娶趙氏次曰恒娶吳氏女某適同里某

氏孫男若干人側室尹氏生女一曰某今以某月日歸
葬于某山之原公自生時性倜儻有卓犖不羈之才寡
交接重然諾然好譏言不匿人過人有一善必稱之一惡必
斥之正顔極論不憚權貴或謂其太過則曰箭在弦上不
得不發其峭直類如此身在顯官常有烟霞丘壑之想
每論及乘肩輿登惠山煮茗僧房留連日夕之事則風
采頓發昂肩竦背若憑高眺遠之狀至於聲利浮靡之
事則澹然不以芥於中論他事亦皆脱畧頴悟必先名

節大體不以死生榮辱為心尤好黃老恬澹清虛之術及佛氏之學亦皆闖其奧窔然以名教自尊故一染指而不為其累也少習右軍書小楷尤精所作古詩類韋柳律詩類晚唐詞語婉媚馳騁於世所畫山水竹石古今罕儔至於器識之高又有逾於斯數者惜乎未底大用以觀其藴止乎此而已矣嗚乎傷哉僕與公皆吳下人相去僅百里雖後公十歲生幼嘗識公於京師又同事翰林十有餘年出入起居未始或先後也間嘗謂余曰

羣輩中惟子頗知我我死後子當為我作行狀必得其詳余及諾而果符于其言豈偶然哉公之潛德固多不能窺其萬一斯特述其梗槩用告于立言君子冀發揮以傳諸不泯云永樂十四年三月二十日徵事郎中書舍人章昞如狀

徵事郎中書舍人王孟端墓表

永樂丙申春二月初六日中書舍人王孟端以疾没於北京之官舍其子黙卜是年十一月日以其柩歸葬于九

龍山之原其友翰林修撰沈度偕其同寮中書舍人許
鳴鶴朱孔易朱暉章映如張侗陳宗淵龎敘沈粲合辭
請於予曰孟端死其友太醫院御醫趙友同既爲之銘
埋諸幽者有託矣而表於外者無文足下知孟端者宜
賜一言使其有知無恨於地下矣予與孟端交四十年
矣相知有素孟端沒既哭之又祭之以文而墓石之辭
予焉得而禁孟端諱紱字孟端以字行毗陵之無錫人
曾祖某祖某父某母某氏孟端幼穎敏稍長好學入鄉

校為弟子員治經習舉子業既數奇連遭困頓即棄去放跡江湖間越太行上巴蜀歷名勝探古蹟以蓄其奇氣縱情於詩酒交結名士所遊皆公卿貴人無不敬愛尤喜真行書筆法出入晉唐閒律詩學大歷諸子時有警句閒戲墨為山水竹石用意高古超然無俗韻人往往作意求之或經數歲不能得一筆偶遇適興連掃數副不辭精神入妙態度横出或就題詩於上以發其魁壘之才語皆奇特觀者莫不跌足驚喜而孟端亦

不自知其至此也然每欲秘之不欲人知嘗投筆痛恨曰誤
為此也雅好博古於諸書皆蒐獵至於釋老之學亦闖
其閫奧聖天子即位之初詔求善書者侍從之臣首以
孟端為薦命習書中秘集天下能書者得十餘人日臨
諸帖必求至古人乃已已皆稱旨永樂十年皆除為中
書舍人凡制敕幾密悉委書之兩扈從北京與有榮遇
一日偶得疾纔數日即不起矣病革朋友視之問之曰
有何言從容曰無可言者但負君恩未報耳又問再有

何言指其心曰此中甚明白無可言者翼異日儵然而逝

孟端性介直不能容物人有忤之者胷中勃勃不平即

面折之以是與人寡諧退求其中不留也然襟懷洒落

神情曠逸宛然如晉宋間人每退朝家居黄冠野服

望之蕭然有林下風静坐一室焚香煮茗怡然自得遇客

至即呼酒傾倒及其没也人皆惜之生故元至正壬寅

五月日得年五十有五娶趙氏先卒子二人默恒女二

人長適趙其幼適某出有詩集若干卷予表於其墓

曰嗟乎孟端負傑然之才剛毅之氣所蓄者固有兼人之長而早遇偃蹇困踣蓋天所以老其才而為今日之用也何啚其年而遽奪之速耶抑其命止於斯耶嗟乎孟端官為侍從顯登清要不為不幸矣視彼老死山林而無所稱道者相距懸絶竒使孟端無可稱述雖過百齡何益是以君子不可不勉於為善有如孟端者名附不朽固無所憾特惜其死求若斯人者少也遂僭予之所以知孟端者以哀之於無窮且以慰其寮友之思焉

翰林學士奉政大夫兼左春坊大學士廬陵胡廣撰

總校官進士臣程嘉謨

校對官中書臣陳文樞

謄錄監生臣朱　恩

圖書在版編目（CIP）數據

王舍人詩集 / (明) 王紱撰. — 北京 : 中國書店, 2018.8
ISBN 978-7-5149-2118-2

Ⅰ. ①王… Ⅱ. ①王… Ⅲ. ①古典詩歌 - 詩集 - 中國 - 明代 Ⅳ. ①I222.748

中國版本圖書館CIP數據核字(2018)第084805號

四庫全書·別集類

王舍人詩集

作者　明·王紱撰
出版發行　中國書店
地址　北京市西城區琉璃廠東街一一五號
郵編　一〇〇〇五〇
印刷　山東潤聲印務有限公司
開本　730毫米×1130毫米　1/16
印張　23.5
版次　二〇一八年八月第一版第一次印刷
書號　ISBN 978-7-5149-2118-2
定價　八八元